書下ろし

長編時代小説

双《ふた》鬼《おに》

介錯人・野《の》晒《ざらし》唐十郎⑮

鳥羽 亮

祥伝社文庫

目次

第一章　介錯

1

刀身が、冬の陽射しを反射《はね》て目を射るようにひかった。備前一文字祐広《びぜんいちもんじすけひろ》二尺一寸七分（約六十七センチ）である。やや定寸よりも短く、腰反りで身幅が狭い。刀身の峰には、無数の打ち込み傷がついていた。多くの真剣勝負のなかでついた傷である。刀身の刃文は濤瀾《とうらん》。押し寄せる波濤に似ていることから名付けられたのである。地肌は澄《す》み、見る者を引き込むような深淵さがある。

狩谷唐十郎《かりやとうじゅうろう》は、縁先で愛刀祐広を抜き、刀身に目をやっていた。多くの血を吸ってきた刀だが、蒼白く澄んだ刀身には何の汚れもない。

ただ、多くの研師《とぎし》の手にかかった刀身には、研ぎ減らしの感があり、それが幾多の血なまぐさい斬殺を物語っていた。

刀身を見つめていると、唐十郎の胸に、これまで祐広で斬ってきた多くの者たちの顔やそのときの光景がよみがえってくる。飛び散る血飛沫《ちしぶき》、断末魔の絶叫、悲鳴、苦悶《くもん》の顔、地面を転がる首、腹から溢《あふ》れる臓腑《ぞうふ》……。どの光景も、血にまみれた凄絶《せいぜつ》なものである。

唐十郎は目を細めた。

大気が、乾燥しているせいかもしれない。はじき合う木刀の音や気合が大気にひびき、はずむように聞こえてきた。若い門弟たちの溌刺《はつらつ》とした活気が、唐十郎の胸の憂いを払拭《ふっしょく》してくれるようだ。

――六人いるようだな。

道場内の木刀を打ち合う音と気合から、三組六人で居合《いあい》の組太刀の稽古をしていることが知れた。

狩谷道場では小宮山流《こみやまりゅう》居合を指南しているが、つい最近まで道場の門は閉じられたままで、門弟といっても三人しかいなかったのだ。

父の代からの門弟だった師範代の本間弥次郎《ほんまやじろう》、唐十郎が中山道《なかせんどう》を旅したとき、小宮山流居合の神髄《しんずい》に触れて門弟になることを懇願《こんがん》した武州箕田村《ぶしゅうみだむら》の百姓の倅《せがれ》の助造《すけぞう》、それに昨年、新たに門人となった越後《えちご》国、滝川《たきがわ》藩士の瀬崎喬八郎《せざききょうはちろう》である。瀬崎は、唐十郎が滝川藩の依頼で討っ手の助勢をしたとき、やはり小宮山流居合の妙手に接し、藩に願い出て門弟にくわわったのである。

ところが、ここ二月《ふたつき》ほどの間に、新たに三人の門弟がくわわった。瀬崎と同じ滝川藩士の柴田米次郎《しばたよねじろう》、太田原玄次《おおたわらげんじ》、それに長州《ちょうしゅう》を脱藩し、江戸へ出てきていた浪人の笹山八郎太《ささやまはちろうた》である。

柴田と太田原は、瀬崎から噂《うわさ》を聞き、江戸勤番の間だけでも居合を学びたいと藩に願い出て門人となったのである。

一方、笹山は助造が道場へ連れてきた男だった。笹山は元長州藩士とのことだが、父親が五十石を喰《は》んでいただけで、当の笹山は次男の冷や飯食いである。

笹山は剣で身を立てようと思い、父親の知己《ちき》の江戸勤番の藩士をたよって江戸へ出たが、藩邸内の長屋に居候《いそうろう》するのがやっとで、食うにも困っていた。

ある日、笹山が大川端《おおかわばた》を歩いているとき、通りかかった三人組の御家人の子弟と喧嘩《けんか》になった。三人組が笹山の粗末な身装《みなり》を見て嘲笑《ちょうしょう》し、笹山が言い返したことが喧嘩の発端《ほったん》だという。

当初は口喧嘩だったが、激昂《げっこう》した御家人の子弟のひとりがいきなり刀を抜いた。

笹山は国許にいるとき、一刀流《いっとうりゅう》を修行していたが、三人が相手ではどうにもならない。三方から切っ先を突き付けられ、あわやというところへ、助造が通りかかり笹山を助けたのである。

笹山から話を聞き、その境遇に同情した助造は、

「笹山どのは、居合を修行する気はあるか」

と、訊《き》いた。

すると、笹山は、

「ぜひ、修行したい。いま、貴公の業前《わざまえ》を目の当たりにして感服いたした」

そう言って、小宮山流居合の門人になることを切望した。

「ならば、おれといっしょに来い。お師匠に話してみよう」

そう言って、助造は笹山を道場に連れてきたのだ。そして、唐十郎に事情を話し、自分と同じように笹山を内弟子にして欲しいと懇願した。

助造は笹山が内弟子として道場に住み込んで修行することになれば、宿も確保できるし、居合の上達も早いと思ったようだ。それになにより、助造は自分と境遇の似た弟弟子ができることを望んだのである。

「おれは指南はせぬが、勝手に道場を使ってよい」

そう、唐十郎は答えた。

助造に対してもそうだった。束脩《そくしゅう》も食い扶持《ぶち》もとらないが、指南もしないし、門人として面倒もみないということである。

翌日から、笹山は助造と同じように道場の着替えの間で寝起きし、師範代の弥次郎の指南を受けることになった。弥次郎は唐十郎とちがって門弟が増えることを喜び、指南を厭《いと》わなかったのだ。

道場から稽古の音が聞こえだして、一刻（二時間）ほどしたときだった。下駄の音がし、弥次郎が姿を見せた。袴《はかま》の股立《ももだち》を取り、筒袖《つつそで》の稽古着のままである。稽古中に抜け出してきたらしい。

「若先生、客です」

弥次郎が手ぬぐいで首筋の汗を拭《ふ》きながら言った。

弥次郎は先代の重右衛門が生きていたころと同じように、いまでも唐十郎のことを若先生と呼んでいる。

「だれだ」

「旗本の山科《やましな》さまの用人で、神崎《かんざき》さまと供《とも》の方です」

「山科さまというと、佐渡守《さどのかみ》さまか」

「そのようです」

「何用だろう」

大物だった。山科佐渡守盛重《もりしげ》は、五千石の大身の旗本で、御側衆《おそばしゆう》の要職にあった。

御側衆は、将軍に近侍《きんじ》する役職で、老中待遇である。また、役職上、老中や若年寄からの書類を将軍に取り次いだり裁可《さいか》を得たりする御側御用取次の補佐役で、大変な権勢を持っていた。なかでも、山科盛重は、幕政の実権をにぎっている老中、阿部伊勢守正弘《あべいせのかみまさひろ》の側近で阿部の補佐役として幕政を動かしているひとりであった。

その山科家の用人が、つぶれかかった町道場を訪ねてきたという。何かひそかに処理したい大事があってのことであろう。

「道場で会おう。ひとまず、稽古は中断してくれ」

母屋に客を上げるような座敷はなかった。道場で会うしかなかったのである。

「承知しました」

弥次郎は小走りに道場へもどった。

2

道場内には、まだ稽古の後の熱気と男たちの汗の臭いがただよっていた。助造たち五人は着替えの間に入り、弥次郎だけが残っていた。

道場には、弥次郎の他に三人の男が端座《たんざ》していた。いずれも、羽織袴姿である。

唐十郎が三人の男の前に膝を折ると、すぐに正面の初老の武士が、

「それがし、山科佐渡守さまの用人、神崎惣右衛門《そうえもん》にござる」

と、名乗った。

五十がらみ、面長《おもなが》で鼻梁《びりょう》の高い男だった。痩身《そうしん》ですこし猫背だったが、覇気があった。唐十郎にむけられた細い目には、能吏《のうり》らしいひかりが宿っている。

神崎につづいて、脇に座していたふたりが、家士の林楢之助《はやしならのすけ》、佐々崎繁介《ささざきしげすけ》と名乗った。林は三十代半《なか》ばであろうか。中背で首が太く、胸の厚い男だった。佐々崎は三十がらみ、小柄だが猪首《いくび》で、両肩が筋肉で盛り上がっている。

——ふたりとも、遣い手のようだ。

と、唐十郎はみてとった。

林も佐々崎も武芸で鍛《きた》えた体であることが、一目で知れたのだ。特に佐々崎は遣い手らしかった。座っている姿にも隙《すき》がなく剣の手練《てだれ》らしい威風がある。

「狩谷唐十郎にございます」

唐十郎は名だけしか口にしなかった。生業や小宮山流居合のことは、相手の用件によって話せばいいのである。唐十郎につづいて、弥次郎も名乗った。

初対面の挨拶《あいさつ》が済むと、さっそく神崎が、

「狩谷どのに、願いの筋がござってな」

と、すこしくだけた物言いで切り出した。

「何でござろう」

尋常《じんじよう》な用件でないことは初めから分かっていた。相手は五千石の旗本で、幕府の要職にある山科家の用人である。よほどのことがなければ、つぶれかかった町道場の主などを訪ねてきたりはしないだろう。

「聞くところによると、狩谷どのは、切腹の介錯もなされるとか」

そう言って、神崎が唐十郎に射るような目差《まなざ》しをむけた。林と佐々崎は、無言で唐十郎を見つめている。

「相手にもよりますが」

唐十郎は曖昧《あいまい》な物言いをした。切腹の介錯、討っ手、敵討《かたき》ちなど、相手の命を奪う依頼は簡単には引き受けられない。下手をすると、人殺しの下手人《げしゆにん》として町方に追われることになるし、斬殺した相手の肉親や縁者の逆恨みを買い、敵として狙われる羽目にもなりかねないのだ。

「切腹するのは、当家の若党、吉場庄九郎《よしばしようくろう》にござる」

神崎が言った。

「吉場どのは、なにゆえ切腹なされるのでござる」

切腹は自ら腹を切るが、多くの場合処罰《しよばつ》によるのだ。若党の吉場も何か罪を犯して、詰腹《つめばら》を切らされるにちがいない。

「狩谷どのは、昨今、江戸の巷《ちまた》を騒がせている夷狄誅殺隊《いてきちゅうさつ》のことを耳にされたことがござろうか」

神崎が声をひそめて言った。

「噂は聞いております」

夷狄誅殺隊、略して夷誅隊《いちゅうたい》と名乗る尊皇攘夷《そんのうじょうい》を叫ぶ浪人集団だった。自分たちは国士や浪士と名乗っているようだが、兇賊《きょうぞく》といっても過言ではない。

なお夷狄とは、異国人を蔑視《べっし》したり敵意をもったりしたときに使う言葉で、夷は東方の蛮人、狄は北方の未開人の意である。

浪人集団は夷狄誅殺のための御用金の調達と称し、江戸の大店《おおだな》に押し入り、店の者を斬殺し、金品を強奪していた。一味の多くは、長州、土佐《とさ》、薩摩《さつま》、水戸《みと》などの下級藩士が脱藩し、江戸に潜入した者たちらしいが、なかには江戸近隣の百姓や博徒などもくわわっているとの噂もあった。

この時代(安政《あんせい》二年、一八五五)、幕府や諸藩の財政難、相次ぐ外国船の来航、外様雄藩の台頭、尊皇攘夷論の高まりなどにより日本中が大きく揺れていた。

そうしたなか、昨年一月、アメリカのペリーが七隻《せき》の艦隊をひきいて江戸湾に来航した。ペリーは、一昨年の六月に浦賀《うらが》沖に四隻の黒船であらわれ、幕府に国書を渡して去ってから二度目の来航である。

幕府はペリー艦隊の軍事的な威圧に屈し、やむなく十二カ条の日米和親条約を締結《ていけつ》する。

内容は下田《しもだ》、箱館《はこだて》二港の開港、薪《まき》、水、食料などの供給、下田、箱館両港の遊歩区域の設定などである。また、同年十二月には、ロシヤとも和親条約を締結し、下田、箱館、長崎《ながさき》を開港する。こうして、長年つづいた鎖国政策は幕府自らの手で破られ、開港、開国へと転換することになったのである。

そうしたなか、日本国中に異国に対する排外感情がたかまり、特に外様雄藩の下級藩士のなかで尊皇攘夷が合言葉のように叫ばれ、尊王攘夷を断行するため脱藩して京や江戸などで、浪士として活動する者が増えたのである。

「こともあろうに、吉場は夷誅隊にくわわりましてな。三月ほど前に、大黒屋《だいこくや》に押し入ったのでござる」

神崎が苦渋の顔で言った。

「室町《むろまち》の太物《ふともの》問屋でござるな」

唐十郎は大黒屋に押し入った賊の話は聞いていた。

大黒屋は日本橋室町にある太物問屋で、奉公人が十数人いる大店である。その店へ十人ほどの夷誅隊が押し入り、奉公人を縛り上げ、夷狄誅殺のための御用金と称して、五百両余の大枚を奪った。その際、賊から逃げようとした奉公人三人が、賊の手で斬殺されたと聞いている。

「こともあろうに、吉場は一味のひとりでござった」

幕府の要職にいる山科家の若党が、夷誅隊のひとりとして商家に押し入ったとなれば、山科家としても面目丸潰れであろう。

「それで」

唐十郎は先をうながした。

「たまたま、吉場が酒に酔い、当家の別の若党に大金を持っていることを問われ、夷狄誅殺を切論《せつろん》したことから、一味のひとりであることが発覚したのでござる」

神崎がそこまで話したとき、傍らに座していた林が、

「それがしと佐々崎とで吉場を捕らえ、吟味《ぎんみ》したところ、大黒屋に押し入ったのを認めたのでござる」

と、重い声で言った。

「そういうことで、吉場は切腹ということになったのだが、当家には腕の立つ介錯人

がおらぬ。そこで、狩谷どのに頼むことにしたのでござる」

神崎が言った。

「うむ……」

唐十郎は林と佐々崎に目をやり、ふたりなら介錯もできそうだ、と思ったが、そのことは口にしなかった。腕の立つ者でも、切腹の介錯を嫌う者はすくなからずいたからである。

ただ、唐十郎は別の疑念があったので、そのことを訊いた。

「生かしておけば、吉場から夷誅隊を手繰《たぐ》ることもできよう」

夷誅隊は、町方はむろんのこと火盗改《かとうあらため》や幕府の目付筋も追っているはずである。吉場を訊問《じんもん》し、一味の隠れ家をつきとめれば、いっせいに捕縛《ほばく》することもできるのではないか、と唐十郎は思ったのである。

「むろん、吉場はきつく詮議《せんぎ》いたした。それで、分かったことだが、夷誅隊は捕らえられた仲間から隠れ家をたぐられることを恐れ、仲間同士でも住処《すみか》を話さないようなのだ」

神崎によると、夷誅隊は隊長と副隊長とで押し入り先を決め、伝令役の者の指示で、その都度《つど》の別の料理屋や船宿などで密会し、決行に及ぶという。

「それに、吉場は夷誅隊のなかでも、別扱いだったようだ」

「別扱いというと」

「山科家の家士ということで、夷誅隊の者たちも警戒《けいかい》したのであろう。吉場には、偽名を使って接していた者もいるようなのだ」

「そういうことか」

夷誅隊の者たちは、吉場を山科家が潜入させた間者ではないかとの疑念を持ったのであろう。

「したがって、吉場を生かしておいても、役にはたたんのです」

神崎が声を低くして言った。

「吉場どのの介錯、引き受けましょう」

唐十郎は、吉場を介錯しても町方に追われたり吉場の肉親、縁者から恨まれるようなことはないと思った。

「かたじけない」

神崎の顔に安堵《あんど》の表情が浮いた。

「介添《かいぞ》え人をひとり、同行したいが」

唐十郎は、弥次郎を山科家へ連れていくつもりだった。

弥次郎に目をやると、弥次郎はちいさくうなずいた。介添え人をやってくれるらしい。

「そうしてもらえれば、ありがたい」

そう言うと、神崎は懐から財布を取り出し、半金として、切り餅をひとつ唐十郎の膝先へ置いた。

切り餅ひとつ二十五両。介錯を終えたら、残りの二十五両を渡すということである。

「いただいておく」

唐十郎は切り餅に手を伸ばした。

3

その日、曇天《どんてん》だった。唐十郎は弥次郎とともに、明け六ツ半（午前七時）ごろ狩谷道場を出た。これから、吉場の切腹の介錯のために、神田小川町《かんだおがわまち》にある山科家へむかうのである。狩谷道場は外神田の松永町《まつなが》にあったので、神田川沿いの道を湯島《ゆしま》方面へむかい、昌平橋《しょうへいばし》を渡って、小川町に出ることになる。

「若先生、雪でも降ってきそうですね」

弥次郎が空を見上げながら言った。

空はどんよりと曇り、底冷えのする日だった。いまにも雪でも降ってきそうな雲行きである。ただ、風がないので、それほど寒さは感じなかった。

「雨よりいい」

切腹場は屋外に作ってあるはずである。途中で雨に降られると、介錯もやりづらくなるのだ。

小川町に入り、神田川沿いの道をしばらく歩いたところで、

「若先生、あれですよ」

と言って、弥次郎が前方を指差した。

山科家の屋敷である。五千石の大身らしい豪壮《ごうそう》な長屋門《ながやもん》を構え、門の両側には家臣の住む長屋がつづいていた。

唐十郎が門番に名を告げると、すぐに門内に消え、ふたりの武士を連れてもどってきた。林と佐々崎である。

「ご足労いただき、かたじけのうござる」

林がそう言って、門扉《もんぴ》の脇のくぐりから唐十郎と弥次郎を門内に入れた。

「控えの間が用意してござる。まずは、そちらでおくつろぎくだされ」

林がそう言ったが、

「その前に、切腹の場を見ておきたい」

と、唐十郎が言った。介錯人として、事前に切腹場を見ておく必要があった。介錯の失敗は許されない。うまく斬首できなければ、切腹場は悲惨《ひさん》な状況になるし、それは切腹者への侮辱《ぶじょく》にもつながるのだ。そのため、陽射しの有無、風向き、居並ぶ家臣たちの位置などを見ておきたかったのだ。

「こちらへ」

林は唐十郎と弥次郎を御殿《ごてん》の右手奥に案内した。

そこは中庭で、急拵《ごしら》えの切腹場ができていた。中間《ちゅうげん》や若党らしき侍が数人、床几《しょうぎ》や水の入った手桶《ておけ》などを運んでいた。

庭の一部が掃《は》き清められ、砂が撒《ま》かれた上に縁《へり》なしの畳二畳が敷いてあった。その前には、四枚折りの白屏風《びょうぶ》が置かれてある。そこが、切腹の場である。正面は屋敷の広間になっていた。当主の山科や用人の神崎、それに幕府から検使として目付筋の者がくれば、そこに座るはずである。

正式な切腹場だと、三方を白幕で囲うが、そこまでの準備はしないようだ。吉場は若党ということなので、簡易な場となったのであろうが、それでも、武士としての礼はつくしてある。

唐十郎は敷かれた畳の脇に立って周囲に目を配った。不都合な点は何もなかった。今日は陽射しの心配はなかったし、風もない。それに、気を奪われるような物は、目に入らなかったのだ。

ただ、気がかりなのは、天候だった。雪ならばいいが、雨だと切腹場も汚れ、介錯もやりづらくなる。

唐十郎と弥次郎は控えの間に入り、待っている間に介錯の支度を始めた。介錯人である唐十郎も麻裃《あさがみしも》までは用意しなかったが、小袖の両袖を襷《たすき》で絞った上に羽織を肩にかけ、袴の股立を取った。弥次郎は袴の股立だけを取っている。

いっときして、唐十郎と弥次郎は林に先導されて、切腹場に入った。

「若先生、雪です」

弥次郎が上空を見上げて声を上げた。

ちらちらと、白雪が上空から舞い落ちてくる。ちいさな白い花弁のような雪だった。

「気遣うような雪ではないな」

積もりそうな気配はなかった。雪片は地上に舞い降りるとすぐに溶けてしまい、白い色を残さなかった。

切腹場の背後に山科家の家士らしい男が、十人ほどこわばった顔で床几に座していた。雪を気にして上空を見上げている者もいたが、みな押し黙っていた。

まだ、正面の座敷に人影はなかったが、唐十郎が介錯刀として持参した愛刀の祐広の目釘を確かめていると、座敷の方で人の声が聞こえた。

見ると、数人の武士が座敷に着座するところだった。正面のなかほどに、四十がらみと思われる恰幅《かっぷく》のいい武士が座し、右手に三人、左手にふたりの武士が座った。いずれも羽織袴姿である。左手の端に、神崎の姿があった。

「正面のお方が、佐渡守さまでござる」

林が、小声で言った。

唐十郎が山科に一礼すると、山科が顎《あご》を引くようにしてうなずいた。

山科たちが着座すると、すぐに屋敷の脇から数人の人影があらわれ、喚《わめ》くような声が聞こえた。

四人の家士に連れられて、白装束《しょうぞく》の武士が姿をあらわした。吉場庄九郎らしい。

吉場はふたりの武士に両腕を取られ、引き立てられるように近付いてきた。ときおり、攘夷のためだ、この国を夷狄から守らねばならん、いま、決起せねば、この国は滅びるぞ、などという声が断片的に聞こえた。まちがいなく、攘夷論者のようである。

それでも、切腹場が間近にせまり、立っている唐十郎の姿が目に入ったらしく、吉場は口をつぐんでうらめしそうな顔をした。

二十二、三であろうか。色白で痩《や》せた男だった。顔は蒼《あお》ざめ、目がひき攣《つ》っている。体が、自力で歩けないほど激しく顫《ふる》えていた。

「切腹の覚悟は、できてないようだな」

唐十郎が、脇にひかえている弥次郎に小声で言った。

「体を押さえましょうか」

弥次郎が訊いた。その顔に、不安そうな色があった。

切腹者が切腹用の短刀を持って暴れだしでもしたら、切腹場は大混乱になり、寄ってたかって取り押さえ、首を押し斬りにするような悲惨な結果に終わるだろう。

「いや、その心配はなさそうだ」

唐十郎は、吉場が自分から畳に座ったのを見て言った。

4

雪が勢いを増してきた。遠方に目をやると、舞い降りる雪が隣家の屋敷や樹木などを白い紗幕《しゃまく》でつつんでいた。切腹場に撒かれた砂もうっすらと白くなっている。

切腹場に座した吉場は、瘧慄《おこりぶる》いのように激しく身を顫わせていた。その吉場の髷《まげ》や肩先にも雪が、消えずに残っている。

ただ、吉場は逃げ出す気配はなかった。目をつり上げ、虚空《こくう》を睨《にら》むように見すえている。

そのとき、林が白鞘《しらさや》の短刀を載《の》せた三方《さんぼう》を運んできて、吉場の膝先に置いた。短刀は定法どおり九寸五分で、奉書紙でつつまれている。

唐十郎は林が下がると、腰の祐広を抜き、脇にひかえている弥次郎の前に刀身を差し出した。

弥次郎はすぐに手桶の水を柄杓《ひしゃく》に汲《く》み、刀身にかけた。刀身をつたった水は、切っ先から細い糸のようになって流れ落ちた。

――昂《たかぶ》ってはいない。

と、唐十郎は胸の内でつぶやいた。

気が昂って体が緊張していると、切っ先が揺れ、刀身をつたった水が乱れて切っ先から飛び散るのだ。

一方、吉場は襟《えり》をひろげて腹部をあらわにしたが、短刀も手にせず、何かに憑《つ》かれたような顔をして虚空に目をとめている。

「狩谷唐十郎でござる。介錯つかまつります」

唐十郎が静かな声でうながすと、吉場は短刀を手にして抜いたが、右手に持ったまま激しく体を顫わせているだけで動かなかった。

「これなるは、一文字祐広二尺一寸七分でござる」

そう言って、唐十郎はうながしたが、吉場は凍りついたように動かなかった。ただ、短刀を手にした右手と体が激しく震えている。

——これでは斬れぬ。

と、唐十郎は思った。

吉場は切腹の恐怖に耐えられなくなったとき、狂乱するかもしれない。吉場が切っ先を腹に突き刺すのを待って、首を斬るのは無理だ、と唐十郎は判断した。

唐十郎は吉場の脇に立ち、祐広を八相《はっそう》に構えたまま、

「吉場どの」

と、静かに声をかけた。

「雪でござる」

「…………」

「吉場どのの心の内は、この汚《けが》れのない白雪のようでござろうか」

唐十郎がそう言ったとき、吉場は敷かれた畳の先の砂上に白く積もる雪に目をやった。

と、吉場の体の顫えがとまった。

刹那《せつな》、唐十郎は腰を沈めざま、祐広を斜《ななめ》に一閃《いっせん》させた。

にぶい骨音がし、吉場の首が前に落ちて垂れ下がった。唐十郎の一刀が、喉皮一枚だけ残して、斬首したのである。

次の瞬間、吉場の首根から血がはしった。赤い帯のように前に飛んだ鮮血は、まさにはしったように見えた。首根からの血は心ノ臓の鼓動にあわせて三度飛び、それから後はたらたらと流れ落ちるだけになった。

飛び散った血は畳を飛び越え、うっすらと雪の積もっている砂の上にひろがり、白雪を真っ赤な花叢《はなむら》のように染めていた。

家臣たちは息を呑んで、うつぶせになった吉場の姿を見つめている。切腹場は深い静寂《せいじゃく》につつまれていた。

雪の降り積もる音が、かすかに聞こえてくる。

「若先生、お見事でございます」

弥次郎が、唐十郎の血ぬれた刀身に柄杓で水をかけながら言った。


介錯を終えた唐十郎と弥次郎は控えの間で着替えた後、林の案内で奥の書院に足を運んだ。そこには酒肴《しゅこう》の膳が用意され、山科、神崎、佐々崎、それに三人の武士が端座していた。

三人の武士は初めて見る顔だが、いずれも武辺者らしい面構えをし、武芸の修行で鍛《きた》えたと思われる体軀《たいく》の主だった。

「狩谷どの、本間どの、これへ」

山科の脇にいた神崎が、唐十郎と弥次郎に右手に用意された膳に座るよううながした。

ふたりが座ると、山科が、

「それにしても、見事じゃ。感服いたしたぞ」

目を細めて言った。

間近でみる山科は、丸顔で眉《まゆ》が細く、顎《あご》の肉が二重になっていた。大きな福耳で、艶《つや》のある肌をしている。幕政の中核にいるとは思えない穏《おだ》やかそうな福相の主である。ただ、唐十郎にむけられた細い目には切っ先のようなするどいひかりがあって、能吏らしい一面を見せていた。

「まずは、一献」

神崎が銚子を取り、唐十郎と弥次郎の杯に酒をついでくれた。

いっとき、座の者たちが酌《く》み交わした後、

「実は、此度《こたび》の介錯を狩谷どのに依頼したのは、他にもおふたりに頼みの筋があったからなのだ」

と、神崎が声をあらためて言った。

山科は目を細めてうなずいている。神崎は、山科の意向で話しているらしい。

「さきほどの介錯を見て、噂どおりの腕であることが分かった」

神崎がつづけた。

どうやら、唐十郎の腕を見るためもあって、介錯を頼んだらしい。

唐十郎は驚かなかった。当初から、市井の試刀家など頼まなくとも、山科家の家士のなかに介錯のできる者はいるだろうとみていた。それに、いないなら腕に覚えのある幕臣に命じてもいいのである。そこをあえて、唐十郎に頼んだということは、他の目的があるからであろう。

「以前、夷誅隊のことは、お話ししましたな」

「うかがいました」

「夷誅隊には、いまのところ腕の立つ浪人が十数人くわわっていると思われる」

神崎がさらにつづけた。

「放っておけば、さらに仲間を増やし、商家に押し入ることはむろんのこと、下田の異国人を襲うかもしれんし、矛先《ほこさき》を幕府にむけ、要人の暗殺にはしるやもしれぬ」

「それがしへのご依頼は、いかようなことでございましょうか」

唐十郎は、夷誅隊のことより、自分への依頼を聞きたかった。

「夷誅隊を殲滅《せんめつ》していただきたい」

神崎が重い声で言った。

「夷誅隊を殲滅せよと……」

さすがに、唐十郎も驚いた。思いもしなかった依頼である。

「さよう」

「ですが、それは町方の仕事では」

それに、唐十郎には手に負えない任務である。相手は腕の立つ浪人が十数人もいる一党である。町方や火盗改でさえ、手を焼いているのだ。しかも、夜盗などとはちがって、自分たちは憂国の士と思い込んでいる者たちなのだ。

「狩谷どのと本間どのだけに、お願いしているわけではござらん」

「どういうことです」

唐十郎が訊いた。

「すでに、夷誅隊を殲滅するために腕に覚えのある者たちを集めて組織し、征伐《せいばつ》組と名付けている」

「征伐組……」

唐十郎は驚いた。そのような組が組織されているとは思ってもみなかったのだ。目には目をということであろうか。

そのとき、黙って聞いていた山科が口をはさんだ。

「隊を名乗るのは、おこがましいのでな、組としたのじゃ。……征伐組の長はここにいる神崎でな。副長は林だ」

「そういうことでな。すでに、ここにいるお三方、それに当家佐々崎、他にふたりがくわっている」

神崎がそう言うと、三人の武士がそれぞれ名乗った。

北辰《ほくしん》一刀流、浪人、長沼鎌次郎《ながぬまかまじろう》。

神道無念流《しんとうむねん》、浪人、荒船又四郎《あらふねまたしろう》。

同じく神道無念流、元会津《あいづ》藩士、大隅春蔵《おおすみしゅんぞう》。

それに、林は一刀流で、佐々崎は北辰一刀流を遣《つか》うという。

「この場にはおらぬが、江川七郎《えがわしちろう》どのは、武州の郷士で天然理心《てんねんりしん》流を遣う。また、梅戸勝之助《うめどかつのすけ》どのは元仙台《せんだい》藩士で馬庭念《まにわねん》流の達者だ」

神崎が言った。

どうやら、江戸市中から腕の立つ浪人を集めたようだ。現在のところ、征伐組は神崎以下八人ということらしい。そこに、唐十郎と弥次郎がくわわれば、十人ということになろうか。

唐十郎が黙していると、正面に座している山科が、

「なぜ、わしのような旗本が動くのか、不審を抱かれるのも当然であろう。だが、狩谷どのは、夷誅隊なる者たちの押し込みや罪のない者たちへの虐殺《ぎゃくさつ》を非道とは思わぬかな。攘夷を叫《さけ》び、異国人たちを排撃しようとするだけならまだしも、夷誅隊のや

っていることは、夜盗さえ目をそむけるような残虐非道な犯罪ではないか」

と、静かな声音《こわね》で言った。

「いかさま」

唐十郎も夷誅隊の商家への押し込みに対し、同じ思いをもっていた。そうかといって、唐十郎が夷誅隊を征伐することはないのだ。

「それにな、夷誅隊を放置いたせば、同類の輩《やから》が次々にあらわれる懸念《けねん》がある。これは、幕府の威信にもかかわることなのだ」

山科にとっては、幕府の威信を守ることが大事なのであろう。幕府の威信は山科の威信でもあるのだ。

「むろん、相応の報酬《ほうしゅう》は用意している」

神崎が脇から言い添えた。

唐十郎は、そっと弥次郎に目をやった。弥次郎がどう思っているか、知りたかったのだ。

すると、弥次郎はちいさくうなずきながら、若先生の意のままに、と唇を動かした。

「条件がござる」

唐十郎が言った。

「わずかだが、わが道場にも門弟がおりますゆえ、指南をつづけねばなりませぬ。どうでござろう、賊を討つときに声をかけていただき、征伐組にくわえていただくということでは」

唐十郎は組織に縛《しば》られるのが嫌だった。征伐組の一員ではなく、賊を討つ助勢としてくわわるなら、話に乗ってもいいと思った。

「それでよい。当初から、狩谷どのは参謀格としてくわわってもらおうと思っていたのでな」

山科が言った。

5

「箕田どの、話がある」

着替えの間から出ようとした助造に、笹山が声をかけた。

助造は武州箕田村の百姓の出だったので、姓はなかった。だが、それでは格好がつかなかったので、勝手に箕田村の箕田を名乗っていたのだ。

「何だ」

ふたりだけで残り稽古をしていたので、道場内に他の門弟の姿はなかった。

「どうです、篠野屋《ささのや》でそばでも」

篠野屋というのは、神田川沿いにあるそば屋だった。道場から数町の距離にある。どうやら、この場では話しづらいようだ。

「そばは食いたいが……」

助造は語尾を濁《にご》した。銭がなかったのである。

「そば代はあります。国許にいたころの知り合いから、一分ほど都合してもらったのです」

笹山は長州藩士の次男とのことだったので、江戸勤番の長州藩士から金を都合してもらったのであろう。

「すまんな」

助造は目をかがやかせた。腹がすいていたのである。

ふたりは、篠野屋の追い込みの座敷の隅に腰を下ろし、小女《こおんな》にそばを二人前ずつ頼んだ。酒よりも、腹一杯そばを食いたかったのである。

頼んだそばがとどき、いっときそばをたぐってから、

「笹山、話というのは何だ」

と、助造が訊いた。

「箕田どのは、どう思います、ちかごろの江戸の様子を」

笹山が急に声を落として言った。

「江戸の様子というと?」

助造は、笹山が何を訊きたがっているのか、分からなかった。

「一昨年《おととし》、浦賀に黒船が来ましたよね」

「ああ、来た」

「あれ以来、江戸の町は変わったと思いませんか」

笹山が、さらに声をひそめた。

「まァ、変わったな」

浦賀沖にアメリカの黒船四隻が来航して停泊したのは、一昨年の六月である。その噂はたちまち江戸中にひろまり、大騒ぎになった。瓦版が飛ぶように売れ、禁令を無視して江戸から黒船見物に出かける者も大勢いた。その見物人を当て込んで小舟を出し、銭を稼ぐ者さえあらわれたのである。

そんななか、翌年ふたたび下田に黒船七隻があらわれ、幕府に条約の締結を迫った。幕府は何とか艦隊を退去させようとしたが、黒船の武威に屈し、アメリカとの間で条約を結ばざるを得なくなった。

そうしたこともあって、江戸市民の間には、異国の文化に対する興味とは裏腹に外夷に対する不安や恐れがひろがり、暮らしに落ち着きを失い、いたずらに騒ぎたてているように見えた。

一方、諸国の藩士の間には尊皇攘夷論が高まり、脱藩して京や江戸で攘夷の活動をする者が増えてきた。そして、尊皇攘夷派の矛先はしだいに幕府へむけられるようになり、倒幕を口にする者さえでてきたのである。

そうした混乱した世情を助造も敏感に感じ取って、落ち着かない気持ちでいたのだ。

「箕田どのは、このままでいいと思っているのですか」

笹山が助造を見すえて語気を強めた。

「いいと思っているわけではないが……」

助造にも、国の行く先に対する漠然《ばくぜん》とした不安と自分だけが時代の流れに取り残されるような焦燥《しょうそう》があった。

「この国は、夷狄のなすがままになりますよ」

「そんなことはあるまい」

「すでに、なりつつあります。昨年、幕府は黒船の武威に屈し、下田と箱館をひらき、夷狄が住むことを許したのですよ」

「うむ……」

助造のそばをたぐる手が、とまったままである。

「このままでは、日本は異国の属国になります」

笹山が顔を紅潮させて言った。笹山も、そばを食うのを忘れている。

「それは、こまる」

日本が他国に隷属《れいぞく》するようなことにでもなれば、自分も異人の下僕《げぼく》のように扱われるかもしれない。そうなれば、剣を身につけても何にもならないのだ。

「だから、箕田どのも国士にならねば」

笹山が声をひそめて言った。

「国士だと」

熱いひびきのある言葉である。ただの武士とはちがう。国士は、時代の激流のなかで国のために先頭に立って戦う漢《おとこ》なのである。

「そうです。身命をなげうって、国のために尽くす浪士です」

「浪士……」

　助造は武士のような格好をしているが、一皮剥《む》けば百姓の倅である。だが、助造のような男でも、浪士や国士にはなれるような気がするのだ。そうした雰囲気が、国中に横溢《おういつ》していたのである。

　それに、助造自身江戸に出てからずいぶん成長した。物言いが武士らしくなっただけでなく、剣の遣い手らしい物腰になってきたのである。

「箕田どののように剣の腕があり、国を憂える気持ちがあれば、それだけで立派な浪士ですよ」

　笹山が言った。

「浪士か」

「われらの同志です」

「それで、とりあえず、何をすればいいのだ」

「明後日、おれといっしょに来てください。同志の方たちに、紹介しますから」

「どこへ行くのだ」

「まだ、分かりません。明日にも、同志が集まる場所を知らせてくれると思います」

「分かった。行ってみよう」

助造は、ともかく笹山の同志に会ってみようと思った。

「箕田どの、このことはわれら同志の間の秘事です。くれぐれも、口外しないようお願いします」

笹山が念を押すように言った。

「承知した。……ともかく、そばを食おう」

助造は慌《あわ》てて箸《はし》を動かし始めた。

6

唐十郎は陽が高くなってから、同じ松永町にある『亀屋《かめや》』というそば屋に出かけた。

亀屋は貉《むじな》の弐平《にへい》という岡っ引きが、女房のお松《まつ》とやっている店である。弐平は風《ふう》貌《ぼう》が貉に似ていることから、そう呼ばれていた。腕のいい岡っ引きなのだが、金にうるさいのが難点である。

唐十郎は弐平に夷誅隊のことを訊いてみようと思ったのだ。唐十郎は、これまでもときおり弐平に探索や調査を頼んでいた。それというのも、討っ手や仇討ちの助勢など、相手の言い分を鵜呑《うの》みにして斬ったりすると、肉親や縁者に逆恨みされたり、思わぬ相手を斬ってしまい、町方に追われるような羽目にもなりかねないからである。

弐平に夷誅隊のことを訊いてみようと思ったのには、他にも理由があった。

一昨日、夷誅隊が神田佐久間《さくま》町の両替屋、並木屋《なみきや》に押し入り、あるじと奉公人三人を斬殺し、九百両もの大金を奪ったと耳にしたのだ。ところが、神崎や征伐組の者から何の連絡もなかった。唐十郎は、事件後征伐組らしき武士が現場に姿を見せたかどうかだけでも、弐平に訊いてみたかったのだ。

亀屋の店先に暖簾《のれん》は出ていたが、なかはひっそりしていた。暖簾をくぐって店内に目をやると、まだ客の姿はなかった。店をあけて間もないようだ。

「あら、旦那、いらっしゃい」

鼻にかかった女の声がし、お松が板場から顔を覗《のぞ》かせた。

派手な花柄の着物に厚化粧、赤い片襷をかけていた。そば屋の女房らしくない、色っぽい女である。

お松はまだ二十歳《はたち》そこそこ、四十過ぎの弐平には若過ぎる女房で、しかも派手好みだった。弐平は若いお松の言いなりで、着物やかんざし、櫛《くし》などをねだられると、鼻の下を伸ばして買ってやる。弐平が金にうるさいのは、女房のためもあるのだ。

「弐平はいるかな」

「いますよ。すぐ、呼んできますから」

そう言い残して、お松はそそくさと板場へもどった。

そのお松と入れ替わるように、弐平が前だれで濡《ぬ》れた手を拭きながら出てきた。料理の仕込みでもしていたらしい。

「これは、旦那、何かご用ですかい」

弐平は上目遣《うわめづか》いに唐十郎を見ながら言った。

弐平は五尺そこそこの短軀《たんく》で猪首《いくび》。眉が濃く、ギョロリとした目をしている。

「ちと、訊きたいことがあってな」

そう言って、唐十郎が追い込みの座敷の框《かまち》に腰を落とした。

「お松、野晒の旦那に、そばとてんぷらの用意をしてくれ。何か、いい話のようだ」

弐平が板場の方に声をかけ、

「で、何を訊きてえんです」

と、目を細めて言った。金の匂いを嗅《か》ぎ取った顔である。

「一昨日、並木屋に夷誅隊が押し入ったな」

「へえ」

弐平は唐十郎の心底を覗くような目をして見た。

「その夷誅隊のことで、訊きたいことがあるのだ」

「だ、旦那、夷誅隊とやり合うつもりですかい。こりゃァでけえ話だ」

弐平が目を剝《む》いて言った。

弐平は、唐十郎が依頼されて切腹の介錯から討っ手、仇討ちの助太刀まで金ずくでやっていることを承知していた。弐平は、唐十郎が夷誅隊のことで何か依頼されたと思ったようだ。

もっとも、弐平が驚いて見せたのは、情報の提供料をつり上げる腹があるからなのだ。

「なに、たいしたことではない」

「で、旦那、これでどうです」

弐平が、唐十郎の鼻先で片手をひらいて見せた。

情報の提供料は、五両ということらしい。

「五分だな」

「旦那、吝《しわ》いこと言っちゃァいけねえ。相手は、泣く子も黙る夷誅隊ですぜ」

「弐平、おれは夷誅隊を探ってくれと頼んでいるのではないぞ。ただ、一昨日の様子を訊くだけだ。一分でもいいと思ってるんだ」

唐十郎は、いくら何でも五両は高過ぎると思った。

「チッ、しょうがねえ。五分で手を打ちやしょう」

弐平は板場にむかって、お松、野晒の旦那は、てんぷらはいらねえそうだ、そばだけにしてくれ、と声をかけた。吝いのは、どちらか分からない。

「並木屋では、四人斬られたそうだな」

唐十郎が声をあらためて訊いた。

「へい、まったくひでえやつらで」

弐平が顔をしかめた。

並木屋では都合四人斬られたが、弐平のような年季《ねんき》のはいった岡っ引きでも、目をそむけたくなるような凄惨《せいさん》な現場だったという。

帳場であるじと番頭が頭を斬り割られ、奉公人部屋にいた手代と丁稚《でっち》が首を落とされていた。帳場も奉公人部屋も血の海だったそうである。

「夷誅隊は何人で押し入ったのだ」

まず、人数を知りたかった。

「七人のようですぜ」

神田川沿いの通りに出ていた夜鷹《よたか》そば屋の親爺《おやじ》が、逃走する一味を見ていたという。

「いずれも、武士か」

「へい、面《つら》は覆面《ふくめん》で隠してたので分からねえが、身装《なり》は袴姿の二本差しだったそうで」

「それで、夷誅隊の目星はついたのか」

「かいもく分からねえ。ちかごろ、江戸にも浪士とかいう不逞《ふてい》な侍が多くなりやしたからね」

弐平が顔をしかめて言った。

「町方は、本腰を入れてないのではないか」

唐十郎は、奉行所も相手が尊王攘夷を叫ぶ浪士たちなので、探索に二の足を踏んでいるのではないかという気がした。下手に捕縛すると、他の同志に報復されかねないからだ。そうしたこともあって、山科は町方以外の征伐組を結成し、幕府の威信にかけて夷誅隊を成敗しようと考えたのであろう。

「ま、こちとらも、首がかかっていやすからね」

そう言って、弐平が猪首をすくめた。

「ところで、弐平たちが並木屋の現場を踏んでいるとき、武士が様子を訊きに来なかったかな」

唐十郎が知りたいのは、征伐組のことである。

「そう言えば、二本差しが三人来て、隣近所でいろいろ訊いていたようですよ。八丁堀《はっちょうぼり》の旦那は、お上の目付筋だろうと言ってやしたが」

弐平によると、羽織袴姿で軽格の御家人のように見えたという。

——征伐組の者だ。

と、唐十郎は察知した。

どうやら、征伐組の者も並木屋の事件から夷誅隊を探ろうとして動いているようだ。

「旦那、その侍と何かかかわりがあるんですかい」

弐平が訊いた。

「いや、火盗改や公儀の目付も動いているのだろうと思ってな」

唐十郎は適当にごまかした。

そこへ、お松がそばを運んできた。どういうわけかてんぷらも付いている。

「いつも、旦那には、うちのひとが世話になってるからね」

お松は唐十郎と目を合わせてニンマリした。なかなか愛想がいい。若いが、客あしらいはうまいのかもしれない。

そのお松が板場にもどったところで、

「旦那、夷誅隊のことで何かつかんだら、知らせに上がりやしょうか」

弐平が言った。

「そうしてもらいたいが、お上の仕事の邪魔になっては、悪いからな」

「あっしは、いつも言ってるでしょう、旦那のためだったら何でもするって」

弐平が唐十郎に身を寄せてささやいた。

「頼む」

唐十郎のためではなく、金のためだと分かっていたが、唐十郎は何も言わず、てんぷらに箸を伸ばした。

7

「箕田どの」

その日、午後の稽古が終わると、笹山が助造に声をかけた。

そして、他の門弟たちには、気付かれないように身を寄せて、

「柳橋《やなぎばし》の料理屋で、この前、話した同志と会って欲しい」

と、小声で言い添えた。

「分かった」

助造は稽古の後、やることもなかったので、すぐに承知した。

道場から弥次郎や瀬崎たちが出るのを待ってから、笹山とふたりで道場を後にした。

笹山が連れていったのは、小松屋《こまつや》という柳橋でも老舗《しにせ》の店だった。

助造は緊張した。これまで、料理屋に足を踏み入れたことはあまりなかったし、笹山のいう同志が、特別な男たちに思えたからである。

助造と笹山が女中に案内されたのは、二階の奥まった座敷だった。思ったより狭い座敷で、すでにふたりの武士が座していた。

ひとりは三十代半ばと思われる恰幅のいい武士で、もうひとりは三十がらみの中背の武士だった。

「箕田どのかな」

恰幅のいい武士が目を細めて訊いた。

丸顔で、細い眉をしていた。肌の艶《つや》がよく、唇が妙に赤かった。もうひとりの中背の武士は肌の浅黒い、目付きのするどい男だった。押し黙ったまま虚空《こくう》を睨《にら》むように見すえていた。とがった顎と薄い唇が、陰湿で酷薄《こくはく》な印象を与える。

「箕田助造でございます」

助造がうわずった声で言った。緊張していたのである。

「そう、かたくならずに、そこに座ってくれ」

恰幅のいい武士が笑みをうかべて、並べてある座布団に座るようにうながした。

助造と笹山が座ると、恰幅のいい武士が、

「お初にお目にかかる。それがしは岡野万次郎《おかのまんじろう》、土佐藩士でござる。いや、元土佐藩士だな。いまは、浪人だ」

と、笑いながら言った。

「それがしは、元薩摩藩士、高須洋造《たかすようぞう》にござる」

つづいて、中背の武士がぶっきらぼうに言った。岡野とちがって、まったく表情を動かさなかった。

「箕田どのは、居合を遣うそうですな」

岡野が訊いた。

「はい、笹山どのといっしょに小宮山流居合を修行しております」

助造がかしこまって言った。

「遣い手だと、笹山から聞いておりますぞ」

岡野がそう言ったとき、廊下を歩く足音がし、障子があいた。女将《おかみ》らしい年増と女中が、酒肴の膳を運んできた。おそらく、助造たちが来たら膳を出すように話してあったのだろう。

「箕田どの、まず、一献《いっこん》」

岡野がすぐに銚子を手にした。

「いただきます」

助造は杯を取った。

いっとき、酌み交わしていると、助造の緊張もほぐれてきた。酔いも手伝って、助造の方から岡野や高須に話しかけることもあった。

「岡野どのは、何流を遣われるのです」

助造が訊いた。

それとなく見ると、岡野と高須の掌に、竹刀《しない》か木刀でできたと思われる胼胝《たこ》があったからである。

「神道無念流を少々。いや、竹刀をふりまわすだけでござる」

岡野が照れたような顔をして言った。

「高須どのは」

「それがし、示現《じげん》流を」

高須は抑揚《よくよう》のない声で言った。

示現流は飯篠長《いいざさちょう》威斎《いさい》の神道流から分派し、東郷重位《とうごうじゅうい》（重位《しげかた》とも）が薩摩藩内にひろめた流派である。薩摩藩士の大半が示現流を学んだため、薩摩領内では御流儀示現流と呼ばれ、他流を学ぶ者はないほど盛んであった。

――ふたりとも遣い手のようだ。

と、助造は思った。

近くで見ると、ふたりの手首は太く、腕や胸に厚い筋肉がついていた。剣術の稽古で鍛えた体であることは一目で知れた。

それから、四人は居合の話や江戸の剣壇《けんだん》の話などをした。岡野も高須も、攘夷や開国など浪士らしい話は、まったくしなかった。

助造はすっかり酔い、そろそろ帰ろうと思い始めたとき、

「箕田どのは、身につけた居合をお国のために生かそうという気はありますかな」

と、岡野が訊いた。

「はい、そのつもりで修行しております」

助造が顔をひきしめて言った。

そのとき、なぜか助造は岡野や笹山とともに国のために一身を捧《ささ》げようという気になっていたのである。

「それなら、また、笹山といっしょにおいでなされ」

岡野が満面に笑みを浮かべて言った。

助造は笹山とふたりで、先に小松屋を出た。外は満天の星だった。すでに、厳冬を過ぎて梅の咲く季節だったが、大気には刺すような冷気があった。

だが、助造はすこしも寒いとは思わなかった。胸がふくらみ、熱い血が体中にみなぎっている。

「笹山、おれたちは浪士だぞ」

助造は白い息をはずませながら言った。

第二章　剛剣

1

静かな宵《よい》だった。縁先の障子に、淡い月のひかりが映じている。夜気は冷たかったが、それでも春の訪れを感じさせるやわらかさがあった。

唐十郎はひとり居間にいた。いつものように、貧乏徳利の酒を手酌で湯飲みにつぎ、口に含むようにして飲んでいる。

四ツ（午後十時）ごろであろうか。行灯《あんどん》の点《つ》いていない座敷は暗く、障子に映じた月明りが、唐十郎の姿をぼんやりと浮かび上がらせている。

そのとき、かすかな風音がした。一陣の風が、庭の枯れ草を分けて通り過ぎるような音である。

――咲《さき》か。

唐十郎は、この音に覚えがあった。咲が疾走する足音である。

咲は女ながら伊賀者《いがもの》であった。しかも、明屋敷番《あけやしきばん》伊賀者組頭である。咲は組頭だった相良甲蔵《さがらこうぞう》の娘で、父とともに伊賀者として任についていたが、幕閣を巻き込んだ事件にかかわり、相良は敵との戦いのなかで命を落とした。その後、咲が父の跡を継いで組頭となり相良組をひきいているのだ。

これまで、唐十郎は幕閣や大名家などのかかわる事件の討っ手や名刀の奪還などを依頼され、咲たち伊賀者とともに戦ってきた。そうした戦いのなかで、唐十郎は咲と情を通じ合う仲になっていた。

縁先に人の近付く気配がし、

「唐十郎さま」

というくぐもった声が聞こえた。咲である。

唐十郎は手にした湯飲みを置いて立ち上がり、障子をあけた。

縁先の闇のなかに咲の姿があった。ほっそりとした肢体を、鼠染《ねずぞ》めの忍び装束につつんでいる。その身辺に、女らしい雰囲気はない。唐十郎にむけられた目が、闇のなかでうすくひかっている。

咲は情夫《おとこ》の元に忍び込んできた女ではなく、伊賀者組頭として姿を見せたのだ。

「何か用かな」

唐十郎も素《そ》っ気《け》なく訊いた。

「唐十郎さまは、山科さまの屋敷で吉場庄九郎の切腹の介錯をなさいましたね」

「早いな」

すでに、咲はそのことを知っているらしい。

「山科さまは、伊勢守さまと昵懇《じっこん》であられます」

咲が抑揚のない声で言った。

「そういうことか」

どうやら、咲は阿部伊勢守正弘から吉場の切腹のことを聞いたようである。

幕臣の伊賀者は、大奥の警備や普請《ふしん》場の巡視、それに空屋敷の管理などがその任であった。伊賀者が忍者として隠密などで活躍したのは、戦国期から、せいぜい三代将軍の家光《いえみつ》のころまでである。

この時代（安政年間）、伊賀者の暮らしは他の御家人と変わりなかった。ただ、多くの伊賀者のなかには先祖伝来の忍びの術を身につけている者もおり、そうした術者をひそかに集め、阿部の密命を受けて隠密活動をしていたのが、相良一党であった。

咲はその任務も引き継ぎ、阿部の命を受けて動いていたのだ。おそらく、咲は阿部から吉場の切腹の話を聞いたにちがいない。

「伊勢守さまは、夷誅隊が江戸市中を跳梁《ちょうりょう》していることに憂慮《ゆうりょ》されております」

咲が言った。

「うむ」

唐十郎にも、阿部が夷誅隊のことを憂慮している理由は分かった。

阿部は幕政の舵《かじ》をにぎっている老中首座であった。鎖国から開国への転換や諸外国との条約の締結などは、阿部の責任の下でおこなわれたのである。

夷誅隊の非道な犯行は、江戸の安寧《あんねい》を破り市民たちを不安に陥《おとしい》れるだけでなく、その矛先《ほこさき》は諸外国との交渉や条約の締結などに当たった幕府にもむけられるはずである。当然、阿部に対しても、非難の矢がむけられるであろう。

「伊勢守さまは、町方や目付筋では夷誅隊を取締ることができないとみておられます。そこで、山科さまに指示され、征伐組を組織させたのです」

「やはりそうか」

唐十郎は、征伐組の結成の裏に阿部の意向があるのではないかとみていたのだ。

「その征伐組に、唐十郎さまもくわわったのですね」

咲の声がいくぶん昂《たかぶ》り、女らしいひびきがあった。

「まァ、そうだが、おれも弥次郎も、勝手に動くつもりだ」

征伐組とは一線を画していたが、味方として夷誅隊と戦うつもりでいた。

「それを聞いて安心しました」

咲がほっとしたように言った。

「咲たち伊賀者の任は」

当然、咲たちも阿部から夷誅隊に関して何らかの指示があったはずである。

「伊勢守さまは、われらに夷誅隊を成敗せよと命じられました」

「すると、味方同士だな」

咲が安心したのは、唐十郎たちと共に戦えると分かったかららしい。

「はい」

「夷誅隊は容易な敵ではないようだな」

阿部や山科でさえ、町方や目付筋では手に負えないとみていた。そのため、征伐組を組織させ、さらに伊賀者まで動員して始末しようとしているのだ。

「これまでにつかんだところによると、夷誅隊は十数人、さらに増えるかもしれませぬ」

咲によると、攘夷を叫ぶ浪士たちのなかには夷誅隊の行為に賛同する者もすくなくないという。

「多勢だな」

「しかも、いずれも遣い手のようです」

「ひとり、ひとり斬るより手はないな」

夷誅隊を一気に始末するのは無理だろう。下手に仕掛けると、征伐組も伊賀者も返り討ちに遭《あ》う。

「われらも、そのように見ております」

咲が言った。

「夷誅隊の隠れ家が知れたら、知らせてくれ。おれと弥次郎も、討っ手にくわわるつもりだ」

征伐組としてではなく、咲に助勢してもかまわないと思った。夷誅隊を殲滅《せんめつ》することに変わりはないのである。

「かたじけのうございます」

咲は足を折り敷いたまま頭を下げた。

「咲、敵は剣の遣い手の集団だ。まともにやり合うなよ」

伊賀者は忍者である。探索や尾行、飛び道具の扱いなどには長《た》けているが、剣の遣い手との立ち合いは苦手である。

「はい」

咲は素直にうなずいた。

そして、唐十郎にむけられた目差しに愛しそうな色が浮いたが、それも一瞬で、す

ぐに伊賀者の組頭らしいするどい目にもどり、

「これにて」

と小声でつぶやくと、闇のなかに身を沈めたまま後じさった。

そして、すばやく反転すると、闇のなかへ疾走した。一瞬のうちに、咲の後ろ姿は闇のなかに掻《か》き消え、唐十郎の耳には枯れ草を分けて吹き抜けるような風音がかすかに聞こえただけである。

2

「やつだ!」

佐々崎繁介が声を殺して言った。

柳橋の料理屋、三島屋《みしまや》の店先に女将《おかみ》らしい年増に送られてひとりの武士が姿を見せた。羽織袴姿で二刀を帯びている。歳のころは、二十七、八であろうか。長身で、すこし猫背である。

「まちがいないな」

荒船又四郎が念を押すように訊いた。

「まちがいない。夷誅隊の幸田甚太郎《こうだじんたろう》だ」

佐々崎が断定するように言った。

佐々崎と荒船は、夷誅隊の隠れ家をつきとめるべく、切腹した吉場の足取りを洗っていた。そうしたおり、佐々崎は、吉場が三島屋を贔屓《ひいき》にしていたらしいとの情報を得て、それとなく三島屋の女将や座敷女中に探りを入れると、吉場が切腹する前、何度か三島屋で浪人らしい男たちと密会していたことが知れた。

ところが、吉場と同席した男たちは浪人らしいということだけで、名前も住処《すみか》も分からなかった。おそらく、浪人たちは自分の名や素性が知れることは口にしなかったのであろう。

そんななか、幸田甚太郎のことだけが知れた。幸田は三島屋のお富《とみ》という女中とできていて、頻繁《ひんぱん》に通ってくるというのだ。

そして、佐々崎がお富と仲のよい別の女中に袖の下を握らせて訊くと、

「幸田さまは、お富さんにぞっこんでしてね。四、五日に一度は顔を見せますよ」

と、話した。

「幸田どのだがな。年格好や人相は分かるかな」

さらに、佐々崎が訊いた。

「二十七、八の人でね。面長で男前。……背が高くて、すこし猫背かな」

女中は、幸田のことを思い浮かべるように首をひねりながら言った。

そして、いま、背が高くてすこし猫背の男が、三島屋の店先から出てきたのである。

「どうする」

荒船が訊いた。

三島屋を後にした幸田は、浅草御門《あさくさごもん》の方へ歩きだした。路傍《ろぼう》の樹陰にひそんでいた佐々崎たちとの距離が、しだいにひらいていく。

「捕らえよう。やつに、口を割らせれば、夷誅隊の仲間の居所がつかめるかもしれん」

佐々崎が言った。

「分かった」

佐々崎と荒船は、幸田の跡を尾《つ》け始めた。

そこは柳橋でも賑《にぎ》やかな通りで、料理屋や料理茶屋などが軒《のき》を連ねていた。酔客や箱屋を連れた芸者などが行き交っている。この人目のある通りで、幸田を捕らえることはできなかったのだ。

五ツ（午後八時）ごろである。十六夜《いざよい》の月が、皓々《こうこう》と通りを照らし、前を行く幸田の姿を浮かび上がらせていた。佐々崎と荒船は、店仕舞いした表店の軒下闇や樹陰をたどりながら幸田の跡を尾けていく。

いっとき歩くと、幸田は浅草御門の前に出た。そのまま御門の前を横切り、神田川沿いの通りを湯島の方へむかって歩いていく。

神田川沿いの通りは、寂しかった。人影もなく、通り沿いの表店は大戸をしめ、夜の帳《とばり》のなかに沈んでいる。

すこし風があった。神田川の川面を渡ってきた寒風が、岸辺に群生した葦《あし》や芒《すすき》など枯れ草をなびかせている。

「先まわりしよう」

佐々崎が言った。

幸田の行き先は分からないが、この先の神田川にかかる新《あたら》シ橋までは川沿いの道を行くはずである。先まわりして待ち伏せれば、幸田を捕らえることができるだろう。

「よし」

ふたりは、右手の脇道に入って駆けだした。

佐々崎と荒船は脇道をたどり、新シ橋の手前に出た。見ると、通りの先に幸田の姿があった。懐手をして、足早にこちらへ歩いてくる。

「身を隠そう」

佐々崎がそう言って、川沿いの表店の軒下闇に身をひそめた。

一方、荒船は斜向かいの川岸の樹陰にまわり、木下闇に身を隠した。

幸田は何も知らずに近付いてくる。

「待て！」

まず、佐々崎が幸田の前に飛びだした。

「な、何者だ！」

幸田が、ギョッとしたように立ち竦《すく》んだ。誰何《すいか》した声が、震えている。いきなり飛び出してきた佐々崎の姿を見て、肝を潰したらしい。

つづいて、樹陰から荒船が走りだし、幸田の背後にまわった。逃げ道をふさいだのである。

「幸田甚太郎、訊きたいことがある。いっしょに来てもらおう」

佐々崎が、低い声で恫喝《どうかつ》するように言った。

「な、なに、うぬら、何者だ！」

幸田が昂《たかぶ》った声で言った。刀の柄に添えた右手が震えている。

「何者でもいい。命が惜《お》しかったら、いっしょに来い」

佐々崎が、そう言って近付こうとしたとき、

「幕府の犬か！」

叫びざま、幸田が抜刀した。

「むだだ！　命を捨てる気か」

佐々崎が抜いた。

ほぼ同時に、背後の荒船も抜刀し、切っ先を幸田にむけた。

佐々崎は小柄だが北辰一刀流の遣い手だった。幸田にむけられた切っ先が小刻みに上下している。北辰一刀流の「鶺鴒《せきれい》の尾」と呼ばれる独特の構えである。

一方、荒船は切っ先を幸田の背につけていた。腰の据わった青眼《せいがん》の構えである。荒船も神道無念流の遣い手だった。他の征伐組の者もそうだが、それぞれが剣の腕を見込まれて組にくわわっていたのだ。

幸田は青眼に構えて佐々崎と切っ先を合わせたが、腕の立つ敵に前後から攻められ、このままでは太刀打ちできぬと察知したらしく、
イヤアッ！

いきなり、裂帛《れっぱく》の気合を発し、佐々崎に斬り込んできた。

青眼から踏み込みざま真っ向へ。

果敢《かかん》でするどい斬撃だったが、北辰一刀流の手練である佐々崎には幸田の太刀筋が見えていた。

体を右手にひらきざま、すばやく刀身を斜に斬り上げた。幸田の片腕を狙ったのである。

佐々崎の手に骨肉を截断《せつだん》する手応えがあり、幸田の左の前腕が、足元に落ちた。

佐々崎の神速の一撃が、斬り込んだ幸田の左腕をとらえたのである。

ギャッ、という絶叫を上げ、幸田が前に泳いだ。截断された左手から、赤い筋になって血が流れ落ちている。

そのとき、背後にいた荒船が幸田の右手から踏み込み、刀身を横に払った。

刀身をはじく甲高い金属音がひびき、幸田が右手で持っていた刀がたたき落とされた。荒船は幸田を斬らずに、刀だけ打ち落としたのである。

「幸田、悪あがきはよせ!」

すかさず、佐々崎が切っ先を幸田の胸元につきつけた。

佐々崎と荒船は幸田を生きたまま捕らえようとして、致命傷を与えなかったのだ。

「お、おのれ！」

幸田は目をつり上げ、歯を剝き出して叫んだ。憤怒《ふんぬ》と興奮で、幸田の顔は蒼ざめ、体は激しく顫えていた。截断された左手から流れ出た血が、地面をたたいている。

「幸田、その手を縛ってやる。血をとめれば、命を落とすようなことはない」

佐々崎が、そう言ったときだった。

「うぬらの世話には、ならぬ！」

幸田がいきなり、右手で小刀を抜き放ち、切っ先で己の首筋を掻き斬った。

アッ、と声を上げ、佐々崎が幸田の右手を押さえようとしたが遅かった。

幸田の首筋から血が、驟雨《しゅうう》のように飛び散った。小刀の切っ先で首筋の血管を掻き斬ったらしい。

幸田は低い喘鳴《ぜんめい》を洩らしたが、悲鳴も呻《うめ》き声も上げなかった。血を撒き散らしながら、腰から沈み込むように転倒した。

佐々崎も荒船も手の施《ほどこ》しようがなかった。

「迂闊《うかつ》だったな」

佐々崎が苦々しい顔で言った。

「まァ、夷誅隊のひとりを始末したのだ。よしとせねばなるまい」

荒船が、顔にかかった幸田の血を手の甲で拭《ぬぐ》いながら言った。

3

幸田を襲った二日後、佐々崎と荒船は、あらためて柳橋の三島屋へむかった。幸田の仲間を手繰る糸が、まだ残されていたのだ。

幸田の情婦だった女中のお富である。佐々崎は、お富なら幸田から仲間である夷誅隊のことを聞いているのではないかと思ったのだ。

佐々崎と荒船は客として三島屋へ上がり、酌をお富に頼んだ。佐々崎たちは飲みながら、お富に話を聞いたが、たいしたことは聞き出せなかった。幸田は用心してお富にも仲間のことはしゃべらなかったようだ。

ただ、一味の名や住処は知れなかったが、お富の話の断片から、何人かの特徴や異名などが知れた。

隊長は仏の万次郎と呼ばれ、特に隊士たちに信頼されていること、隊士のなかに鬼の洋造と呼ばれる腕の立つ男がいることなどである。

その夜、佐々崎と荒船は、五ツ（午後八時）ごろ、三島屋を出た。女将が提灯《ちょうちん》を貸してくれると言ったが、いい月夜だったので借りずに店を出た。そのまま小川町の山科邸まで帰るつもりだった。門番には遅くなると言って出ていたので、くぐりから入れてくれるはずである。

ふたりは、すこし酔っていた。早春の冷気が酒で火照《ほて》った肌に染みるようで、心地好かった。

浅草御門の前を横切り、神田川沿いの通りへ出た。幸田を待ち伏せた通りである。あの夜と同じように、辺りに人影はなく、通り沿いの表店は夜の帳のなかに沈んでいた。神田川の流れの音が、笹の葉でも振るようにサワサワと聞こえてくる。

そのとき、ふいに荒船が足をとめた。

「おい、だれかいるぞ」

荒船が前方を指差した。

見ると、岸辺の丈の高い葦の陰に人影があった。ただ、そこは闇が深く、人影であることは分かったが、男なのか女なのかもはっきりしなかった。

「夜鷹ではないのか」

佐々崎が、口元に笑いを浮かべて言った。

夜鷹が客をくわえて葦の陰に引き込み、ことに及んでいるとみたのである。

だが、そうではなかった。ザザッ、と葦が揺れ、人影が通りへあらわれたのだ。武士である。中背で、細身だった。武士は、佐々崎と荒船の行く手をふさぐように通りのなかほどに出てきた。

「荒船、あそこにもいるぞ」

佐々崎が、右手の表店の軒下を指差した。

軒下闇から、ふたりの武士が姿を見せ、足早に佐々崎たちの方へ近寄ってきた。大柄の男と長身の男だった。いずれも剣の遣い手らしく、腰が据わり、歩く姿に隙《すき》がなかった。

「な、なにやつだ!」

荒船が声を上げた。

「夷誅隊のようだ」

佐々崎は察知した。辻斬りや追剝《おいは》ぎの類《たぐい》ではない。佐々崎には、夷誅隊しか考えられなかったのだ。幸田の報復のためにあらわれたにちがいない。

「返り討ちにしてくれるわ!」

叫びざま、佐々崎が抜刀した。

荒船も抜いた。顔はこわばっていたが、臆《おく》した様子はなかった。敵が三人なら切り抜けられると思ったのかもしれない。

そのとき、佐々崎の正面に立った男が抜刀した。肌が浅黒く、顎がとがっている。薄い唇が酷薄そうな印象をあたえる。

「何者だ!」

佐々崎が誰何した。

「鬼の洋造」

男がくぐもった声で言った。この男、高須洋造である。

高須は、八相に構えた。いや、八相ではない。示現流独特の「蜻蛉《とんぼ》の構え」である。子供が打ちかかろうとして右手に持った棒を振り上げ、それに左手を添えたときの構えと似ている。

佐々崎を見すえた高須の双眸《そうぼう》が刺すようなひかりを帯び、細身の全身は気勢と異様な殺気につつまれていた。

佐々崎は背筋を冷たい物で撫《な》でられたような気がし、身震いした。高須の構えに凄まじい気魄《きはく》を感じとったのである。

それでも、佐々崎は青眼に構えると、切っ先を小刻みに上下させた。北辰一刀流の構え、鶺鴒の尾である。

キイエエッ！

突如、高須が猿声のような甲高い気合を発し、いきなり疾走してきた。

迅《はや》い！

神速の寄り身である。

一気に、高須が斬撃の間境《まざかい》に迫ってきた。

佐々崎は、高須の気魄と凄まじい寄り身に気圧《けお》され、一瞬腰が引けた。

高須は蜻蛉の構えのまま一太刀に斬り込んだ。

真っ向へ。敵の動きには構わず、牽制《けんせい》も気攻めもなく、振り上げて刀を振り下ろすだけの剣だった。

が、凄まじい剛剣だった。示現流は、一の太刀で敵を斬り、二の太刀はないと言われている。ひとたび抜けば、一太刀で敵を斬り伏せる、凄絶な剣である。

咄嗟《とつさ》に、佐々崎は刀身を振り上げ、横一文字に高須の斬撃を受けた。

が、高須の剛剣に押され、横に受けた刀身が沈んだ。

そのまま高須の刀身が、佐々崎の頭頂に食い込んだ。

凄まじい一刀である。

ギャッ、という短い叫び声が、佐々崎の喉から洩れた瞬間、額が割れ、血と脳漿《のうしよう》が飛び散った。そのまま、佐々崎は腰から沈み込むように尻餅をついた。

　佐々崎は尻餅をついたまま絶命した。頭が柘榴《ざくろ》のように血まみれになり、白い目玉だけが血のなかに浮き上がったように見えていた。凄絶な死顔である。

　高須は口元にうす笑いを浮かべ、刀身を振って血を切ると、荒船の方に目をやった。恐ろしい男である。北辰一刀流の遣い手である佐々崎を一撃で斃《たお》したのだ。

　すでに、長身の男が荒船を仕留めていた。この男の名は、橋口源内《はしぐちげんない》。夷誅隊の副隊長だった。

「片がついたな」

　大柄な男が言った。この男も夷誅隊のひとりで、名は横瀬宗之助《よこせそうのすけ》。高須ほどの腕ではないが、やはり示現流を遣う。

「われらに盾突くとどうなるか、見せてやろうではないか」

　橋口が口元に嘲笑を浮かべて言った。

　そして、路傍に横たわっている荒船の首を押し切りにして截断した。

「こうしてやろう」

　橋口は荒船の刀を路傍に突き刺して立てると、荒船の髻《もとどり》をつかみ、刀の柄に結びつけたのである。晒《さら》し首のつもりらしい。

「この男の首も、晒してやろう」

高須が佐々崎の首を落とし、突き立てた刀に結《ゆ》わえつけた。

ふたつの凄惨な首が、突き立てられた刀からぶら下がり、川風に揺れている。何とも不気味でおぞましい光景だった。

4

「若先生、いますか」

戸口で弥次郎の声がした。

朝餉《あさげ》の後、居間で横になっていた唐十郎は、すぐに身を起こした。何かあったらしい。朝から弥次郎が顔を出すことなど、滅多にないのだ。

「どうした」

戸口に出て、唐十郎が訊いた。

「若先生、新シ橋の近くで、ふたりの武士の首が晒されています」

弥次郎の顔がこわばっている。何かかかわりのある者の首が晒されているのかもしれない。

「だれだ」

「佐々崎どのと、荒船どのです」

弥次郎の声はいくぶん昂《たかぶ》っていた。

「なに、征伐組のふたりか」

山科邸で顔を合わせた佐々崎繁介と荒船又四郎のようだ。

「そうです」

「行ってみよう」

狩谷道場から新シ橋まで、それほど遠くない。

すぐに、唐十郎は弥次郎とふたりで母屋を出た。表通りを南にむかい、神田川沿いの道に突き当たって川下へむかえば、新シ橋はすぐである。

「ひどいものです」

弥次郎が歩きながら顔をしかめた。

弥次郎の話によると、今朝家の前を通りかかったぼてふりが近所の女房連中に話しているのを耳にし、現場に行って見てきたという。

「やったのは、夷誅隊の者たちだろうな」

唐十郎には、それしか考えられなかった。辻斬りや追剝ぎの類が、首を截断して晒すとは思えないし、佐々崎か荒船に対する私怨《しえん》なら、ふたりの首を晒すということまではしないだろう。

「あそこです」

弥次郎が指差した。

見ると、新シ橋から二町ほど先の川岸に人垣ができていた。近所の住人と通りすがりの者たちらしい。店者《たなもの》、ぼてふり、職人ふうの男などに混じって、弐平と下っ引きの寅次《とらじ》の姿もあった。

寅次は、亀屋の近くの長屋に住む手間賃稼ぎの大工の倅《せがれ》で、岡っ引きになりたいと言って、弐平の許に押しかけてきた若者である。歳は十八、まだ下っ引きになりたてだった。ふたりは晒し首の話を耳にし、駆け付けたにちがいない。

近付くと、集まった野次馬たちの顔がこわばっているのが分かった。女のなかには、顔を両手でおおって震えている者もいる。

唐十郎は人垣の間から、川岸に目をやった。

――これは！

思わず、唐十郎も息を呑んだ。

目をそむけたくなるような酸鼻《さんび》をきわめる晒し首である。

る。土手の叢《くさむら》に突き刺した刀の柄から首がぶらさがっていた。それが、二首並んでい

——佐々崎どのか。

ぶら下がった首のひとつは、佐々崎だった。

頭が割られ、ひらいた傷口から頭骨が覗いている。顔はどす黒い血に染まり、瞠《みひら》いた両眼とひらいた口から覗いている歯だけが、白く剝き出ていた。

——頭を一太刀か。

下手人は剛剣の主であろう。しかも、尋常な遣い手ではない。北辰一刀流の手練である佐々崎の頭を一太刀で、斬り割ったのである。

その佐々崎から二間ほど離れた場所に、荒船の首がぶら下がっていた。こちらの顔には血の色がなかった。苦悶《くもん》に顔をゆがめているだけである。首から下のどこかを斬られたのであろう。

ふたりの首のない死体は路傍に転がっていたが、叢《くさむら》のなかなので、どこを斬られたのか分からなかった。

「どういうつもりで、晒し首にしたんですかね」

弥次郎が顔をしかめて言った。

「おそらく、襲われた幸田の仕返しだな」

唐十郎は、佐々崎と荒船が夷誅隊の幸田甚太郎という浪士を神田川沿いで襲撃したことを、征伐組の副長の林から聞いていたのだ。

「晒し首にしたのは、われらに報復を知らせるためですか」

弥次郎が言った。

「おれたちへの見せしめだな」

夷誅隊の征伐組に対する宣戦布告とも言えた。

いっときすると、唐十郎は人垣を分けて前へ出た。佐々崎と荒船の首のない死体を見て、傷口から下手人の手の内を見てみようと思ったのである。弥次郎も唐十郎に跟《つ》いて、川岸へ出た。

まず、俯《うつぶ》せになっている死体を見た。体軀から荒船であることが分かった。袈裟《けさ》に一太刀で仕留められている。左の肩口から右の腋《わき》へ深く斬り下げられ、傷口から截断された鎖骨と肋骨が覗いていた。

「こちらも、一太刀か」

唐十郎がつぶやいた。荒船も神道無念流の遣い手と聞いていた。その荒船を、下手人は一太刀で斬殺したのである。剣の遣い手とみていいだろう。

佐々崎の首のない死体は仰臥《ぎょうが》していた。着物に血が飛び散っていたが、刀傷はない。おそらく、頭頂への一撃で絶命したのだ。

荒船と佐々崎を斬ったのは別人であろう。いかなる達人でも、ひとりで荒船と佐々崎を相手にし、ふたりとも一太刀で仕留めるのは無理である。

「下手人はいずれも、手練《てだれ》のようだな」

唐十郎が言った。

「夷誅隊は、容易な相手ではないようです」

弥次郎が低い声で言った。

そんなやり取りをしているところへ、弐平が寅次を連れて近寄ってきた。

「おふたりおそろいで、晒し首の見物ですかい」

弐平は揶揄《やゆ》するように言ったが、顔はこわばっていた。弐平のような場数を踏んだ岡っ引きでも、刀にくくりつけられたふたつの晒し首は、ゾッとする光景だったらしい。寅次などは、蒼ざめた顔をして身を顫わせている。

「それで、弐平、下手人の目星はついたのか」

唐十郎が訊いた。

「目星も何も、こんな晒し首を見せられちまっちゃァ、恐ろしくて探索どころじゃァありませんや」

そう言って、弐平は怖気《おぞけ》をふるうように胴震いして見せた。

「弐平親分がそんなことでは、お上の十手《じって》が泣くぞ」

「十手が泣くのはかまわねえが、嬶《かかあ》は泣かせたくねえ。それに、こうなっちまっちゃア、酒も飲めねえし、女も抱けねえからね」

そう言って、顎を晒し首の方に突き出した。

「いずれにしろ、この下手人は盗人や辻斬りとはちがうようだな」

唐十郎は夷誅隊のことは口にしなかった。あるいは、弐平も夷誅隊の仕業だと気付いているのかもしれない。

「この手のやつらには、下手に手を出さねえ方がいいってことでさァ」

弐平は、旦那方も気をつけた方がいいですぜ、と言い残し、唐十郎のそばから身を引いた。

それからいっときして、人垣が割れて四人の武士と数人の中間《ちゅうげん》が姿を見せた。征伐組をひきいる神崎惣右衛門が、林、長沼、大隅、それに中間を五人連れて駆け付けたのだ。どの顔もこわばっている。中間たちは空俵《あきだわら》、莫蓙《ござ》、戸板などを持っていた。

死体を引き取りに来たらしい。

神崎は中間たちに死体を片付けるよう指示した後、林たちを連れて唐十郎と弥次郎のそばに来た。

「同志の敵《かたき》を討ったつもりだろうが、武士からぬ所業だな」

神崎が憎悪と憤怒に顔をゆがめて言った。ただ、目には不安そうな色もあった。夷誅隊の者が、正面から歯向かってきたことで一抹《いちまつ》の不安を覚えたのかもしれない。

林たち三人も顔をしかめていたが、不安や怯《おび》えの色はなかった。三人とも剣の遣い手だけあって、晒し首を見せられただけで臆するようなことはないようだ。

「夷誅隊め、今度はうぬらの素っ首を晒してくれるわ」

長沼が吐き捨てるように言った。

唐十郎と弥次郎は何も言わなかった。いっとき、中間たちが佐々崎と荒船の死体を片付けるのを見ていたが、

「神崎どの、われらに用があるときは声をかけてくれ」

と、唐十郎が言い置き、弥次郎とともにその場を離れた。それ以上、見ていても仕方がなかったのである。

唐十郎と弥次郎が半町（約五十五メートル）ほど湯島の方へ歩いたとき、集まった野次馬たちのなかにいた虚無僧《こむそう》が、そっと人垣から離れた。そして、天蓋《てんがい》をかぶったまま、唐十郎たちの跡を尾け始めた。

5

虚無僧が人垣から半町ほど離れたとき、今度は人だかりの後ろから野次馬たちに目をやっていた町娘がひとり、虚無僧の跡を尾け始めた。

町娘は咲だった。町娘らしく髪を島田に結い、花柄の小袖に黒塗りの下駄を履き、胸のところに風呂敷包みをかかえていた。

咲はふたつの晒し首を目にし、これは夷誅隊の仕業にちがいない、と察知した。そして、見せしめのためだけに首を晒したのではなく、同志の幸田を襲った佐々崎と荒船の仲間をおびき寄せるためではないかと気付いたのだ。

咲はすぐに町娘に変装してこの場にあらわれ、集まった野次馬たちの背後に身を隠しながら、不審な動きをする者はいないか目を配っていたのだ。

そして、唐十郎と弥次郎が人垣から離れたとき、ふたりの跡を尾けるように虚無僧がその場を離れたのを目にしたのである。

――あの男、ただの虚無僧ではない。

おそらく、夷誅隊の者であろう、と咲はみたのだ。

虚無僧は、天蓋をかぶったまま唐十郎たちの跡を尾けていく。むろん、自分が跡を尾けられていることに気付いてはいない。おそらく、後ろを振り返って咲の姿を見ても、尾行者とは思わないだろう。町娘が、跡を尾けるなど考えられなかったからである。

唐十郎と弥次郎は、そのままの足で松永町の狩谷道場へもどった。

虚無僧は道場から十間ほど離れたところで足をとめ、道場の戸口にかかっている看板や裏手の母屋などに目をやっていたが、いっときしてその場を離れた。

虚無僧は足早に来た道を引き返し、神田川沿いの通りへもどった。咲は半町ほどの距離をたもったまま尾けていく。

虚無僧は神田川沿いの道を湯島の方へ歩き、神田川にかかる和泉《いずみ》橋を渡って川向こうの柳原《やなぎわら》通りへ出た。それから、いっとき歩くと、左手の路地へ入っていった。そこは平永《ひらなが》町で、路地沿いには小体《こてい》な店や表長屋などが軒を並べていた。

虚無僧は路地が四つ辻になっているところを右手にまがり、細い路地に面した町家に入っていった。板塀をめぐらせた借家ふうの家である。

――ここが、あの男の塒《ねぐら》のようだ。

と、咲は思った。

咲は足音を忍ばせて、板塀に身を寄せて聞き耳を立てた。

家のなかから話し声が聞こえた。くぐもったような男の声である。かすかに洩れてくるだけで、何を話しているのか、咲にも聞き取れなかった。ただ、声のちがいから、三人ほどいるらしいことが分かった。

いっときして、咲はその場を離れた。板塀の内側に侵入し、板壁や引き戸に耳を当てれば、男たちの声が聞き取れるだろうが、町娘の格好では目立ち過ぎる。住人に気付かれたら、逃げることもできないだろう。それに、隠れ家が知れれば、いつでも住人のことは探れるのだ。

その夜、咲はふたりの配下に会い、虚無僧が入った町家を探るよう指示した。江島《えじま》房次郎《ふさじろう》と木下勇蔵《きのしたゆうぞう》で、ふたりとも屋敷内の潜入や尾行などに長けた伊賀者である。

翌日、ふたりは陽が沈み、暗くなるのを待ってから平永町へむかった。

ふたりは闇にとける柿色の忍び装束に身をつつみ、咲から聞いた町家の敷地内に侵入した。江島は床下にもぐり込み、木下は狭い庭に面した座敷の脇の戸袋の陰に身を張り付け、聞き筒と呼ばれる盗聴器を遣ってなかの会話を聞き取った。

一方、咲は江島と木下が行動を起こす前に、町娘の格好のまま平永町へ出かけた。

そして、若い娘が出入りする下駄屋や小間物屋などに立ち寄って、それとなく虚無僧が入った町家の住人たちのことを訊いた。

咲の聞き込みが巧《たく》みだったこともあり、立ち寄った店のあるじや奉公人たちは隠さずに話してくれた。

二日後、咲たちは町家の住人のことをあらかた調べ上げていた。

その家は、咲の睨《にら》んだとおり、借家で半年ほど前からふたりの浪人体の武士が住むようになったらしい。

ふたりの名は小久保三郎《こくぼさぶろう》、黒川兼吉《くろかわけんきち》。小久保に薩摩訛《なま》りがあることから、薩摩藩士だったらしいことは知れたが、黒川の素性は分からなかった。

また、ときおり虚無僧や行商人ふうの男も出入りするということだった。咲は、小久保と黒川以外の夷誅隊の仲間が、変装して出入りするのであろう、と読んだ。

さらに、江島と木下が盗聴した小久保たちの会話から、小久保や黒川が狩谷道場の唐十郎と弥次郎の身辺を探り、ちかいうちに襲って捕らえようとしていることが分かった。

「捕らえるつもりなのですね」

咲が、江島に念を押すように訊いた。

「そのようです。小久保と黒川の話によると、狩谷どのと本間どののどちらかを捕らえ、夷誅隊と敵対する一隊の人数や住処を聞き出すつもりのようです」

江島と木下も、唐十郎と弥次郎のことは知っていたのだ。

「そういうことですか」

どうやら、夷誅隊の者たちは征伐組の人数や住居まではつかんでないようである。ただ、山科家の用人である神崎が家士や中間を使って、佐々崎と荒船の死体を運んだことで、征伐組の背後に山科盛重がいることは、分かったであろう。

その夜、咲は松永町の唐十郎の許に走った。放置すれば、唐十郎と弥次郎の身が危ういのである。

唐十郎は居間にいた。障子に淡い影が映っている。いつものように、茶碗酒を飲んでいるようである。

咲は縁先に膝を下り、

「唐十郎さま」

と、声をかけた。

すると、すぐに立ち上がる気配がし、障子があいて唐十郎が姿を見せた。

月光に浮かび上がった唐十郎の端整な顔に、憂いをふくんだ翳《かげ》が張り付いていた。若いころに両親《ふたおや》を亡くし、独り剣《ひと》の修羅のなかで生きてきたせいであろう。唐十郎の身辺にはいつも孤愁《こしゅう》がただよっている。

「咲か」

唐十郎が声をかけた。

「唐十郎さまのお耳に入れておきたいことがございます」

「何だ」

「夷誅隊の者が、唐十郎さまと本間さまを狙っております」

咲は、佐々崎と荒船の首が晒されていた神田川沿いから虚無僧を尾行し、平永町の隠れ家をつきとめ、夷誅隊の者の会話を盗聴したことなどを話した。

「どうしたものかな」

唐十郎は、思案するように虚空に視線をとめていたが、

「その隠れ家に身をひそめているのは、ふたりだけか」

と、声をあらためて訊いた。

「小久保と黒川のふたりだけのようですが、ときおり、虚無僧や行商人に身を変えた

仲間が出入りするようです」

「いずれにしろ、このままにしておけぬな。弥次郎には、妻子がいる」

唐十郎は、自分のことより弥次郎を心配しているようである。

「咲、そのふたりを、斬ってもよいか」

唐十郎が訊いた。

「何か、他に手がございますか」

「ふたりを泳がせて、他の仲間の隠れ家をつきとめる手もあるが」

「それも考えましたが、敵は多勢。それに、敵が仕掛ける方が先かもしれませぬ」

咲はそのことを懸念《けねん》していた。

夷誅隊は明日にも唐十郎と弥次郎を襲うかもしれないのだ。しかも、敵がひとりなら、唐十郎も弥次郎も後れをとるようなことはないだろうが、腕の立つ者たちが何人もで奇襲したら、唐十郎といえども危ういだろう。

「小久保と黒川を捕らえて口を割らせようとは思うが、幸田のこともある。きゃつらは、捕らえられる前に、自害するかもしれんからな」

「唐十郎さま、小久保と黒川を斬ってもかまいません。夷誅隊の仲間の隠れ家をつきとめる手は、他にもございましょう」

咲は、唐十郎と弥次郎の身を守ることが先だと思った。

「では、そうさせてもらう」

唐十郎は、縁先に腰を沈めたまま言った。

「いずれまた、お目にかかりとうございます」

咲はそう言うと、闇のなかに後じさりした。

咲は振り返らなかった。唐十郎のそばにいたい気持ちを抑え、夜陰のなかを疾走した。

6

「助造はどうした」

唐十郎は道場の着替えの間を覗き、助造の姿がないのを見て道場内にいた弥次郎に訊いた。

「それが、このところ、道場を留守にすることが多いようです」

弥次郎が言った。

「ほう、めずらしいな。女でもできたかな」

唐十郎が笑みを浮かべた。助造も江戸の暮らしが長くなったが、まったく女気がないのである。

「笹山と出かけてるようですよ」

「ふたりで、どこへ出かけているのだ」

唐十郎の顔に心配そうな表情が浮いたが、すぐに消えた。

「さて、わたしにも、分かりませんが」

弥次郎が首をひねった。

「仕方ない。ふたりだけで行くか」

この日、唐十郎たちは平永町にある夷誅隊の隠れ家を襲い、小久保と黒川を捕らえるつもりだったが、ふたりが観念して縄を受けるとは思えないので、斬ることになるかもしれない。

ただ、唐十郎と弥次郎のふたりだけではなかった。すでに、唐十郎は神崎に事情を話し、林と長沼が唐十郎たちに同行することになっていたのだ。

小久保と黒川を斬るだけなら、唐十郎と弥次郎のふたりだけでも何とかなるが、捕縛するにはもうすこし人数が欲しかったのである。それに、ふたりのうちどちらでも捕らえることができれば、吟味《ぎんみ》や拷訊《ごうじん》は神崎たちに任せようと思っていたのだ。

唐十郎は、助造も平永町に連れていくつもりでいた。助造はだいぶ腕を上げていたし、これまでも介錯や討っ手の助勢などに、助造をくわえることが多かったのである。

「そろそろ、刻限ですよ」

弥次郎が言った。

唐十郎たちは暮れ六ツ（午後六時）ごろ、神田川にかかる和泉橋のたもとで林たちと待ち合わせることにしてあったのだ。

弥次郎の言うとおり、道場内に淡い夕闇が忍び寄っていた。そろそろ暮れ六ツになるだろう。

「まいろう」

唐十郎と弥次郎は道場を出た。

唐十郎の腰には、愛刀の祐広が差してある。弥次郎も遣い慣れた刀を腰に帯びていた。

和泉橋のたもとへ行くと、林と長沼が待っていた。ふたりとも羽織袴姿で二刀を帯びている。すこし、顔がこわばっていたが、双眸は強いひかりを帯び、臆している様子は微塵《みじん》もなかった。

四人は橋のたもとで顔を合わせると、無言のままうなずき合っただけで、橋を渡り始めた。平永町は橋を渡った先である。

平永町に入り、しばらく路地をたどった後、

「あれですよ」

弥次郎が路傍に足をとめて指差した。

その後、咲から小久保たちの隠れ家を聞き、唐十郎と弥次郎とで、その場所を確認してあったのだ。

板塀でかこった家が、暮色のなかに閑寂《かんじやく》とした佇《たたず》まいを見せていた。右手は畑で、左手は高い板塀をめぐらせた古い棟割り長屋だった。家の背後は竹藪になっている。人気《ひとけ》のない寂しい場所なので、斬り合いになっても、住人が駆け付けてくるようなことはないだろう。

路地はひっそりしていた。長屋から洩れてくるらしい赤子の泣き声や女房の子供を叱《しか》る甲高い声などが、深い静寂のせいなのか、妙に間近に感じられた。

唐十郎たち四人は、板塀の陰に身を寄せた。節穴から覗くと、縁先の座敷からかすかに灯《ひ》が洩れ、男のくぐもった声がかすかに聞こえてきた。小久保と黒川らしい。

「踏み込むか」

林が唐十郎に小声で訊いた。

「庭におびき出そう」

他人の家に踏み込むのは危険だった。どこかに隠れていて、斬りつけてくるか分からないからだ。それに、家のなかで生け捕りにするのは、さらに難しいだろう。

「おれと弥次郎とで、戸口から踏み込んで、なかにいるふたりを庭に追い出す。林どのたちは、庭に身をひそめていてくれ」

唐十郎と弥次郎は居合を遣う。居合は狭い家のなかでの刀法が工夫されていたので、小久保と黒川が物陰から斬りつけてきても何とか対応できるはずである。

「承知した」

四人は板塀の陰を離れ、枝折《しお》り戸を押して、戸口へむかった。

林と長沼は、足音を忍ばせて戸口から庭へまわり、板塀沿いに植えてあった椿の葉《は》叢《むら》の陰に身をひそめた。

「弥次郎、いくぞ」

唐十郎は戸口の引き戸をあけて、土間へ踏み込んだ。弥次郎が後につづく。

「小久保、黒川、公儀の者だ！」

唐十郎が声を上げた。

つづいて、弥次郎が、

「神妙に、縛《ばく》に就けい！」

と、大声を上げた。

そして、ふたりは土間の先の板敷きの間に荒々しく踏み込み、その間の先の障子を乱暴にあけたり、わざと障子を蹴破ったりした。奥の座敷にいる小久保と黒川に、町方とはちがう公儀の命を受けた捕方が何人もで、踏み込んできたようにみせたのだ。

と、奥の座敷で、庭から逃げろ！　という声がし、慌ただしく畳を踏む音につづいて、障子を開け放つ音が聞こえた。

狙いどおり、小久保と黒川は庭へ逃げたらしい。

すぐに、唐十郎と弥次郎は奥の座敷に走った。奥といっても狭い家で、戸口ちかくにある座敷をひとつ隔《へだ》てた次の間である。

唐十郎は奥の座敷の障子をあけはなった。だれもいない。座敷のなかほどで、酒を飲んでいたらしく、貧乏徳利と湯飲みが転がっていた。

庭に目をやった。あいたままの障子の先に庭が見えた。

四人の男が、対峙《たいじ》している。林と長沼に、相対しているのが小久保と黒川らしい。

唐十郎と弥次郎は、縁先から庭へ飛び下りた。

「おれたちが、相手だ」

唐十郎は、すばやく林と対峙している長身の男の右手にまわり込んだ。弥次郎は長沼が相手をする中背の男の左手に立った。

7

「うぬら何者だ！　公儀の者と思えぬ」

長身の武士が、目をつり上げて誰何した。

「だれでもいい。おぬしらに、訊きたいことがあるのだ」

そう言うと、唐十郎は左手で刀の鯉口を切り、右手を刀の柄に添えて居合腰に沈めた。

唐十郎の居合の抜刀体勢を見た長身の男が、

「うぬは、狩谷か！」

と、声を荒らげた。

唐十郎の顔は知らないが、名前と居合を遣うことを知っているようだ。おそらく、唐十郎と弥次郎の跡を尾けた虚無僧から話を聞いたのであろう。

「黒川、こやつら、幸田を斬った一味だ!」

長身の男が叫びざま、抜刀した。

どうやら、長沼と対峙している中背の男が黒川兼吉で、長身の男が小久保三郎のようだ。

小久保は、唐十郎の体にむけて上段に構えた。なかなかの構えである。長身とあいまって大樹のような大きな構えで、上から覆《おお》いかぶさってくるような威圧がある。

「小久保、参るぞ」

唐十郎は全身に気勢を込めた。

——稲妻を遣う。

稲妻は、上段から間合に入ってきた敵の胴へ、抜きつけの一刀を横一文字に払い、腹を浅斬りに薙《な》ぐ技である。

ちなみに、小宮山流居合は、基本技からなる初伝八勢《しよでんはっせい》があり、真向両断《まっこうりようだん》、右身抜打《うしんぬきうち》、左身抜打《さしん》、追切《おいぎり》、霞切《かすみぎり》、月影《つきかげ》、水月《すいげつ》、浮雲《うきぐも》からなっている。さらに様々な場と敵の人数を想定した中伝十勢《ちゆうでんじつせい》が編《あ》まれ、入身迅雷《いりみじんらい》、入身右旋《いりみうせん》、入身左旋《させん》、逆風《ぎやくふう》、水車《すいしや》、稲妻、虎足《こそく》、岩波《いわなみ》、袖返《そでがえし》、横雲《よこぐも》の十の技がある。

そして、初伝八勢と中伝十勢を身につけると、奥伝三勢《おくでんさんせい》が伝授される。奥伝は、山《やま》彦《びこ》、波返《なみがえし》、霞剣《かすみけん》からなる総合的な技で、小宮山流居合の奥義でもあった。

奥伝三勢を身につけると小宮山流居合の免許が与えられるが、さらに同流には一子相伝の必殺剣『鬼哭《きこく》の剣《けん》』があった。この剣は、唐十郎しか会得していない必殺剣である。

小久保が足裏を擦《す》るようにして、ジリジリと間合をつめてきた。

唐十郎は気を鎮めて、抜刀の機をうかがっている。居合は、敵との正確な間積もりと迅速な抜刀が命である。したがって、抜刀の瞬間で勝負が決まることが多い。

小久保が居合の抜きつけの間境に迫ってきた。小久保の構えに斬撃の気配がみなぎり、ふたりの間の緊張が高まってくる。

つ、と小久保が踏み込んだ。

刹那、唐十郎の全身から剣気が放たれた。

シャッ、という刀身の鞘走る音が聞こえ、腰元から閃光が疾《はし》り、体が飛鳥のように前に飛んだ。

同時に小久保が反応した。

タアッ！

と鋭い気合を発しざま、上段から真っ向へ斬り込んできた。

一瞬迅《はや》く、唐十郎の体は小久保の刀身の下をくぐり、左脇を抜けていた。まさに、神速の体捌《たいさば》きである。

小久保の着物の腹部が裂け、あらわになった肌に血の線がはしった。だが、皮肉を裂いただけの浅斬りである。小久保は勢い余って、数歩前に泳いで反転した。

――波返!

唐十郎は胸の内で叫びざま、反転した。

奥伝三勢の波返は、前後ふたりの敵を相手にするときの技である。まず、正面の敵の膝先に抜きつけて敵の出足をとめておき、上段に振りかぶりざま反転して背後の敵を斬る。その刀身の流れが、寄せて返す波に似ていることからその名がついたのだ。

唐十郎は、稲妻につづいて波返の反転の体捌きと上段から斬る太刀捌きを遣おうとしたのである。

唐十郎は上段に振りかぶったとき、刀を峰に返し、小久保の肩口へ打ち下ろした。斬殺せずに、生きたまま捕らえようとしたのだ。

一颯《いっさつ》が、反転して構えようとした小久保の肩口へ入った。

にぶい骨音がし、小久保の左肩に唐十郎の刀身が食い込んだ。鎖骨を砕いたようだ。

ギャッ、という絶叫を上げて、小久保が後ろへよろめき、踵《かかと》を何かに当てて尻餅をついた。

「動くな」

唐十郎は、祐広の切っ先を小久保の喉元に突き付けた。

そのまま、唐十郎は弥次郎たちに目を転じた。弥次郎が気になっていたのである。

すでに、弥次郎たちと黒川との勝負は終わっていた。黒川は庭の隅の叢《くさむら》のなかに、俯せになって倒れている。

弥次郎と長沼は抜身をひっ提げたまま、倒れている黒川の両脇に立っていた。どうやら、黒川を斬ったようだ。黒川も遣い手なので、峰打ちにする余裕がなかったのであろう。

「狩谷どの、見事だな」

林の顔には驚きの色があった。唐十郎が、これほど遣うとは思っていなかったようだ。

「こやつから、話を聞けるだろう」

唐十郎は小久保に切っ先を突き付けたまま言った。

小久保は右手で、腹を押さえて低い呻き声を洩らしていた。左肩の激痛と興奮で顔は蒼白になり、体が顫えていた。腹部は真っ赤に染まっている。致命傷にはならないが、出血は激しいようだ。

そこへ、弥次郎と長沼が近付いてきた。

「黒川は死にました」

弥次郎が小声で言った。

「小久保、聞いたとおりだが、うぬを殺す気はない。知っていることを話せば、放免してもかまわん」

林が語気を強めて言った。

「う、うぬらに、話すことなど何もない」

小久保は、怒りに声を震わせて言った。

「うぬが、夷誅隊のひとりであることは分かっている」

林が言った。

「ならば、殺せ！」

「隊長はだれだ」

「知らぬ」

小久保が吐き捨てるように言った。しゃべる気はないらしい。

「仏の万次郎ではないのか」

すでに、林は、巷の噂で、夷誅隊のなかに仏の万次郎や鬼の洋造と呼ばれる男がいることを知っていたのだ。すると、小久保は驚いたような顔をしたが、何も言わなかった。

つづいて、林は鬼の洋造のことも訊いたが、小久保は口をきつく結んだままひらこうとしなかった。

「しゃべる気にならぬようだ」

林はこの場での訊問は断念した。

林と長沼は小久保に縄をかけ、夜陰にまぎれて山科家の屋敷に連れていくことにした。平永町から小川町は近かったので、当初からその計画で来ていたのだ。山科家の屋敷の長屋に小久保を連れていき、拷訊することになるだろう。

唐十郎と弥次郎は、そのまま林たちと別れて道場へもどった。

それから三日後、唐十郎の許に林と長沼がうかぬ顔をしてあらわれた。ふたりに話を聞くと、林たちの住む長屋で小久保を訊問したが、何もしゃべらず二日後に自害したという。

「いや、迂闊であった。小久保は、吟味に立ち合った神崎さまの一瞬の隙を衝《つ》き、脇差を奪って喉に突き刺したのだ」

林が渋い顔で言った。

「いずれにしろ、あの男は吐かずに死んだであろう」

唐十郎は、小久保が拷問に屈して口を割るとは思っていなかった。それに腹の傷も放っておけば、命を奪いかねないとみていたのだ。

「これで、また、夷誅隊をたぐる糸が切れたな」

林が肩を落として言った。

唐十郎は何も言わなかった。このとき、唐十郎には、咲たち伊賀者が一味の尻尾をつかんでくるのではないかという期待があったのだ。

第三章　浪士たち

1

「ご師範、先に帰ります」

瀬崎が道場で木刀の素振りをしている弥次郎に声をかけた。

弥次郎はすぐに木刀を下ろし、

「三人、いっしょか」

と、訊いた。

戸口のところに、柴田と太田原の姿が見えたのだ。瀬崎、柴田、太田原の三人は、同じ滝川藩士ということもあって、稽古が終わるといっしょに帰ることが多かったのだ。

瀬崎たち三人は、神田亀井《かめい》町の町宿《ちようしゆく》に住んでいた。当初、瀬崎と柴田は愛宕下《あたごした》にある滝川藩の上屋敷で長屋暮らしをしていたが、愛宕下から道場のある松永町までは遠過ぎたので、藩の許しを得て、町宿していた太田原の許にもぐり込んだのである。

なお、町宿は藩邸に入り切れなくなった藩士が町の借家などに住むことをいう。

「はい、これから亀井町まで帰ります」

「ところで、ちかごろ、助造と笹山の姿を見かけぬが、どこへ行っているのだ」

弥次郎が訊いた。今日の稽古にも、助造と笹山は姿を見せなかったのだ。

「さァ、行き先は知りませんが、ふたりは気が合うらしく、ちかごろよく出かけているようですよ」

瀬崎も不審そうな顔をした。どうやら、助造と笹山は瀬崎たちにも行き先を告げずに出かけているようである。

「気をつけて帰れよ」

弥次郎はそう言うと、ふたたび木刀を振り始めた。いっとき、独り稽古で汗を流そうと思ったのである。


道場を出た瀬崎たち三人は、町家のつづく表通りを足早に神田川の方へむかった。神田川にかかる和泉橋を渡り、内神田に出て町筋をしばらく歩けば亀井町である。まだ、暮れ六ツ（午後六時）前だったが、曇天のせいか、辺りは夕暮れ時のように暗かった。

神田川沿いの通りへ突き当たり、和泉橋の方へいっとき歩いたとき、柴田が背後を

振り返りながら、

「後ろの三人、おれたちを尾けてるような気がするが」

と、声をひそめて言った。

「そう言えば、道場を出たとき、三人の姿を見かけたな」

瀬崎は道場を出て二町ほど歩いたとき、何気なく背後に目をやり、三人の武士が歩いているのを目にしたのだ。

いずれも供《とも》を連れておらず、小袖に袴姿だった。浪人ふうである。三人の武士に見覚えはなかった。

「気のせいだろう」

そう言いながらも、太田原は足を速めた。

一町ほど先に、和泉橋が見えていた。橋を行き来する人の姿も見え、何となく橋まで行けば背後の三人も別な道へ行くような気がしたのである。

瀬崎たち三人は、和泉橋を渡り始めた。橋の上で振り返ると、浪人ふうの三人は同じ歩調で歩いてくる。

橋を渡り終えたところで、瀬崎はもう一度後ろを振り返って見た。浪人の姿は見えなかった。

——やっぱり気のせいか。

と、瀬崎は思った。柴田と太田原の顔にも安心したような表情が浮いている。

瀬崎たちが橋のたもとから、柳原通りを一町ほど両国《りようごく》方面に歩いたときだった。背後から走り寄る複数の足音が聞こえた。

「やつらだ！」

瀬崎が声を上げた。

十数間後ろに、三人の男が迫っていた。道場を出たときから、尾けてきた三人である。瀬崎たちを追って来たようだ。

一瞬、瀬崎は逃げようとしたが、思いとどまった。三人の男に襲われるような覚えはなかった。それに、ちらほらだが柳原通りには人影があった。追剝ぎや辻斬りの類には見えなかったのである。

瀬崎たちは、三人が背後に迫ったところで足をとめて振り返った。三人は走り寄ると、三方から取り囲むようにまわり込んだ。

ひとりは大柄で、目のギョロリとした男だった。夷誅隊の横瀬宗之助である。長身で目の細い男は、副隊長の橋口源内だった。もうひとり、小柄だが、異様に胸の厚い男がいた。この男も夷誅隊で、名は富永《とみなが》久《く》八郎《はちろう》、直心影《じきしんかげ》流の遣い手であった。むろん、瀬崎たちは三人のことを知らない。

「何か用ですか」

瀬崎がとがった声で訊いた。三方に立った三人の男には、獲物をとりかこんだ野犬のような雰囲気があったからだ。

「うぬら、狩谷道場の者だな」

橋口が訊いた。

「だとしたらどうするつもりだ」

太田原が昂《たかぶ》った声を上げた。

「礼がしたい」

富永が口元にうす笑いを浮かべて言った。

「な、なに」

「狩谷と本間に伝えておけ、いずれ、小久保と黒川の借りは返すとな」

言い、富永が抜刀した。

つづいて、横瀬と橋口も抜いた。

「やる気か！」

思わず、瀬崎も刀を抜いた。すると、柴田と太田原も、蒼ざめた顔で抜刀した。瀬崎たちは居合を学んでいたが、まだ基本的な初伝八勢の形を覚えている段階で、とても真剣勝負に遣えるまでにはなっていなかったのだ。

「命だけは、助けてやろう。うぬらに、恨みはないからな」

そう言うと、橋口が刀身を峰に返した。

富永と横瀬も同じように刀身を峰に返し、切っ先を瀬崎たちにむけた。峰打ちにするつもりらしい。

と、いきなり瀬崎の前に立っていた富永が、青眼に構えたまま間合をつめてきた。

切っ先がピタリと瀬崎の目線に付けられている。

瀬崎の目に小柄な富永の体が膨れ上がったように見え、切っ先がそのまま目に伸びてくるような気がした。剣尖《けんせん》の威圧である。

瀬崎の腰が浮き、切っ先が揺れた。瀬崎は恐怖を感じ、後じさろうとして重心を後ろの左足に移した。その瞬間だった。

タアッ！

裂帛の気合を発し、富永が打ち込んできた。

青眼から真っ向へ。

一瞬、瀬崎は富永の斬撃を受けようとして、刀身を頭上に振り上げた。が、次の瞬間、富永の体が沈み、真っ向へは打ち込んでこずに右手へ跳んだ。同時に、瀬崎は脇腹に強い衝撃を感じて、上体が前にかしいだ。

富永は真っ向へ打つと見せて、胴を払ったのである。

瀬崎は脇腹に激痛を感じた。あまりの痛さに身を起こしていられなかった。ガックリと両膝を折り、その場にうずくまった。顔から血の気が引き、額に脂《あぶら》汗が浮いた。肋骨《あばらぼね》が折れているかもしれない。

このとき、柴田と太田原も横瀬と橋口の峰打ちをあびていた。柴田は右腕を垂らしたまま、低い呻き声を洩らしていた。横瀬の一撃を二の腕に受け、骨を砕かれたらしい。太田原は地面に尻餅をついたまま、左の肩口を右手で押さえていた。橋口の袈裟がけの一撃を左肩に受けたのだ。

「狩谷と本間に言っておけ、次は命はないとな」

橋口が薄笑いを浮かべて、刀身を鞘に納めた。

橋口たち三人は柳原通りを両国の方へ歩き始めた。懐手をして悠然と歩く三人の姿が、暮色に染まり始めた柳原通りを遠ざかっていく。

2

道場内を濃い夕闇がおおっていた。弥次郎は木刀を下ろすと、額や頬をつたう汗を手の甲で拭った。

――ここまでだな。

弥次郎は、今日のところはこれまでにしようと思った。十分体を動かしたし、道場内は明りが欲しいほど暗くなっていた。

そのとき、戸口で体でも当たるような音がし、引き戸が荒々しくあいた。そして、複数の乱れた足音と喘《あえ》ぎ声が聞こえた。だれか道場に来たようだが、ひどく慌てているようだ。

「だ、だれか、いますか」

苦しそうな男の声がした。

弥次郎は木刀を手にしたまま戸口へ走った。

戸口の土間に、三人の男がいた。瀬崎、柴田、太田原である。三人とも、一目で怪我をしていることが分かった。立っているのがやっとで、苦しげな喘ぎ声を洩らしている。

「どうしたのだ」

弥次郎が訊いた。

「さ、三人組に、襲われました」

瀬崎が苦痛に顔をしかめながら言った。

「ともかく、道場へ上がれ」

弥次郎は、なかでも苦しげに脇腹を押さえている瀬崎の腋《わき》へ手をまわして、体を支えてやりながら道場へ上げた。柴田と太田原も打たれた腕や肩先を押さえて、道場へ入ってきた。

「動かずに、ここにいろ」

弥次郎は瀬崎たち三人をその場に残し、いそいで母屋へ走った。唐十郎がいるはずである。早く唐十郎に知らせねばならない。

唐十郎は居間にいた。弥次郎から三人のことを訊くと、すぐに弥次郎とともに道場へきた。

「まず、傷を見せろ」

唐十郎は三人から事情を訊く前に、傷を見た。

いずれも刀傷ではない。峰打ちで強打された打撲《だぼく》である。

柴田は右腕の骨が折れているようだった。太田原は肩口の打ち身だけか、それとも鎖骨にひびでも入っているかである。

重傷だったのは、瀬崎である。瀬崎は右の脇腹を強打され、肋骨が折れているらしかった。折れただけなら、命にかかわるようなことはないが、折れた骨が臓腑《ぞうふ》を傷付けでもすれば、落命する恐れがあった。

「宗庵《そうあん》先生を呼んできましょうか」

弥次郎が言った。

宗庵というのは、松永町に住む町医者である。薬代が高いが、腕のいい医者だった。

「そうしてくれ」

唐十郎には、手に負えなかった。安静にさせておくより、手の施しようがないのだ。

すぐに、弥次郎は道場を後にした。半刻（一時間）ほどして、宗庵が黒鴨《くろがも》仕立ての若い供に薬籠《やくろう》を持たせてせかせかと道場に入ってきた。

宗庵は五十がらみ、赤ら顔で艶のいい肌をしていた。頭は坊主で、黄八丈の小袖に黒羽織といういかにも町医者らしい扮装《いでたち》である。

「どれ、見せてみろ」

宗庵は仏頂面《ぶっちょうづら》をしたまま、うずくまって低い呻き声をもらしている瀬崎の着物の襟をひろげ、右の脇腹をそっと指先で撫《な》でた。

「骨が折れておるな」

そうつぶやき、さらに脇腹や鳩尾《みぞおち》などを押し、瀬崎から痛みを訊いていたが、

「ま、命にかかわるようなことはあるまい」

そう言うと、唐十郎に竹刀を分解して切断させ、六、七寸の竹片を数本こしらえさせた。そして、脇腹に晒を巻いた上に、その竹片を当てて、その上からさらに晒を巻き付けて固定した。添え木の代わりらしい。

「動かさずに、安静にしていることが大事じゃな」

宗庵はこともなげにそう言うと、つづいて柴田と太田原を診た。

やはり、柴田の右腕は骨が折れていたようだ。太田原は打撲だけで済んだようである。宗庵は、柴田の腕にも竹片を当て、晒を巻いて固定した。

柴田の処置がすむと、宗庵は薬籠を引き寄せて、薬種を調合し、

「痛みを消す薬じゃ」

と言って、三人分を手渡した。その薬が一人前、二両だという。わずかな薬量で六両はあまりに高いが、唐十郎は黙って六両を渡した。夜分、足を運んできたことだし、唐十郎の懐には、山科家で得た金がまだじゅうぶん残っていたのである。

宗庵を帰してから、唐十郎は瀬崎たち三人からあらためて事情を訊いた。

ひととおり、話を聞いた唐十郎は、

──夷誅隊の者たちだ。

と、すぐに気付いた。

三人の男は、平永町の隠れ家で殺された黒川と捕らえられて自害した小久保の仕返しのために、瀬崎たち三人を襲ったらしい。さらに三人の男が、瀬川たちを峰打ちにしたのは、殺された黒川と小久保の恨みを晴らすつもりでいることを、唐十郎と弥次郎に知らせるためであることも分かった。

夷誅隊の者たちは、殺された同志の敵として唐十郎と弥次郎を斬る気でいるのだ。おそらく、林や長沼たちの命も狙うつもりであろう。

──こうなると、夷誅隊と征伐組の殺し合いだな。

と、唐十郎は思った。

その夜、瀬崎たち三人を道場内で休ませ、翌日、辻駕籠《つじかご》を頼んで瀬崎を乗せ、弥次郎に送らせて、町宿のある亀井町まで帰らせた。

唐十郎は、しばらく道場をしめることにした。もっとも、稽古をつづけている瀬崎たち三人が道場へは来られなかったし、助造と笹山はどこへ行っているのか、道場を留守にすることが多かったので、あけておいてもまともに稽古をする者はいなかったのである。

唐十郎は、弥次郎が亀井町からもどると、これからどうするか相談した。それというのも、夷誅隊の者たちは、唐十郎と弥次郎が狩谷道場の主と師範代であることを知っていて、命を狙っていることが分かったからである。つまり、夷誅隊の者たちは、いつでも唐十郎と弥次郎を襲うことができるのだ。

「弥次郎、どうする」

唐十郎が訊いた。

「夷誅隊の者たちは、わたしの家も知っているんでしょうね」

弥次郎の顔に不安そうな表情が浮いた。

弥次郎の家には、妻のりつとひとり娘の琴江《ことえ》がいる。弥次郎は、家にでも押し込まれたら、妻子を守れないと思ったようだ。

「そうみた方がいいな」

「りつと琴江だけでも、匿《かくま》いたいのですが」

弥次郎が苦渋《くじゅう》の顔で言った。弥次郎は妻子思いなのである。

「ならば、咲に頼むか」

「緑《みどり》町の空屋敷ですか」

「そうだ、弥次郎もいっしょに身を隠せばいい」

本所《ほんじょ》、緑町に咲たち伊賀者が管理している空屋敷があった。ひろい屋敷なので、弥次郎たち親子が住むにはじゅうぶんである。以前も、隠れ家として唐十郎や弥次郎は、その空屋敷に滞在したことがあったのだ。

「若先生はどうします」

「おれも、しばらく厄介《やっかい》になるつもりだ」

唐十郎も、他に身を隠す場所はなかったのだ。

「それなら、わたしもお願いしますよ」

弥次郎の顔に、ほっとしたような表情が浮いた。

「明日からでも、緑町へ移るといい」

「若先生、助造はどうします」

「おれから、話しておこう。今夜は、帰ってくるだろう」

助造がどこへ出かけているにしろ、道場には帰ってくるだろう。助造は、小宮山流居合を簡単に捨てることはできないはずである。

3

翌朝、唐十郎は賄《まかな》いに来てくれているおかねが支度してくれた朝餉を食べると、道場へ行ってみた。道場から助造の発する気合が聞こえてきたからである。

助造は稽古着に着替えて腰に刀を差し、独りで居合の抜刀の稽古をしていた。

唐十郎が道場の隅に立って見ていると、助造は、立居、正座、立膝などから初伝八勢の、真向両断、右身抜打、左身抜打、追切……などを順に抜いていた。

——腕を上げたな。

と、唐十郎は思った。

助造は、すでに奥伝三勢を学ぶ域に達していた。唐十郎の目から見ても、そろそろ小宮山流居合の免許を与えることができるのではないかと思えた。

——ただ、迷いがある。

体捌きに微妙な切れがなく、気合にも自信に満ちたひびきがないのだ。助造は心の内に迷いがあり、それをふっ切るために独り稽古をしているようである。その迷いさえ、ふっきればさらに腕を上げるはずである。

いっときすると、助造は刀を鞘に納めた。そして、唐十郎のそばに歩み寄ってきた。

「お師匠、稽古をつけてもらえますか」

助造が額の汗を手の甲で拭《ぬぐ》いながら訊いた。

「おれと稽古をしても、迷いは消えぬぞ」

唐十郎がそう言うと、助造は驚いたような顔をした。唐十郎に心の内を見抜かれたからであろう。

「おまえの迷いは、居合の修行とは別のところにあるようだ」

唐十郎は、道場を留守にして笹山と出歩いていることに関係しているのだろう、と推察した。

助造は何もいわなかった。ただ、唐十郎に目をむけてちいさくうなずいただけである。

唐十郎は、それ以上訊かなかった。助造の心の内の問題だと思ったのである。剣の修行には、稽古や師の諭しだけでは越えられない壁がある。その壁は、己の力で突き破るしか方法はないのだ。

「お師匠、ご師範も瀬崎たちもいないようですが、何かあったのですか」

助造の方から訊いてきた。

「瀬崎たち三人が、何者かに襲われたのだ」

唐十郎は、瀬崎たちから聞いたことをかいつまんで話してから、

「ただ、三人とも命にかかわるような傷ではない」

と、言い添えた。

「襲った三人は何者ですか」

助造は驚いたように目を剝いて訊いた。

「おれにも、分からぬ。ただ、この道場に恨みをもつ者たちらしく、おれや弥次郎を斬るつもりらしい」

唐十郎は夷誅隊のことを口にしなかった。助造が、唐十郎たちとともに夷誅隊と戦う気になれば、そのとき話そうと思ったのである。

「お師匠に、恨みを買う覚えは」

助造が訊いた。

「おれの裏の稼業に、かかわっているらしい」

唐十郎は言葉を濁した。ただ、助造は唐十郎が切腹の介錯や討っ手など、他人に恨まれやすい仕事に手を染めていることを知っているので、およその察しはつくだろう。

「そうですか」

助造もそれ以上は訊かなかった。

「ところで、おまえはどうする。おれも弥次郎も、しばらく道場を離れて身を隠すつもりだが、助造は身を隠す宿はあるか」

唐十郎は、緑町の空屋敷のことを口にしなかった。それというのも、助造といっしょに行動している笹山が信用できなかったからだ。

笹山が門弟になってまだ日が浅く、笹山のことをよく知らなかったこともあるし、長州を脱藩した浪人であることも、警戒する理由だった。江戸に潜伏している夷誅隊のなかには、長州の脱藩者が多くいるはずである。

それに、このとき唐十郎の胸の内には、助造を突き放して、己の力で困難な状況を打破させたいという気持ちがあった。剣の迷いをふっきるためには、自力で壁を破るしかないのである。

助造はいっとき虚空に視線をとめて考えていたが、

「おれには、宿の当てがあります」

と、唐十郎に目をむけて言った。

「そうか」

笹山と同居するつもりではないか、と唐十郎は思ったが、そのことは訊かず、懐から財布を出し、これは当面の食い扶持《ぶち》だ、と言って三両手渡した。

「ありがとうございます」

助造は大事そうに三両を握りしめ、

「それで、お師匠には、どうすれば会えるのですか」

と、訊いた。

「何か用があったら、弐平に伝えてくれ。それに、ときおり道場にも立ち寄ってみるつもりだ」

夷誅隊の者たちも、唐十郎と弥次郎が姿を消したと分かれば、道場を見張るようなことはしないだろう。

「分かりました。……ときおり、稽古で道場を使ってもかまいませんか」

助造がほっとしたような顔で訊いた。

「かまわんが、用心して使え」

道場は以前からいつでも出入りできるようになっていた。

それだけ話すと、唐十郎は道場を出た。そして、母屋にいるおかねに、しばらく出稽古に行くので道場を留守にする、とだけ伝え、祐広を腰に帯びて戸口から出た。

唐十郎がむかった先は亀屋である。弐平に頼んでおきたいことがあったのだ。

亀屋の暖簾《のれん》はまだ出ていなかった。ただ、表戸はあき、板場で水を使う音がした。弐平かお松が店をあける支度をしているのであろう。

「だれか、いないか」

唐十郎が声をかけた。

板場から顔を出したのは、お松だった。

「旦那、早いですね。まだ、店はひらいてないんですよ」

お松が、濡れた手を前だれで拭きながら出てきた。

「弐平はいるかな」

「うちのひと、寅次と朝めし食ってますよ。昨夜、飲み過ぎたらしくて、陽が高くなってから起き出したんですよ」

お松が口をとがらせて言った。

「弐平を呼んでくれ」

唐十郎は、お松のおしゃべりに付き合う気はなかった。

「すぐ、呼んできますよ」

そう言い残し、お松は追い込みの座敷の奥へむかった。そこは、馴染《なじ》みの客を通す小座敷だったが、ふだんは弐平やお松が居間のように使っている。そこで、弐平と寅次はめしを食っているらしい。

「ヘッヘヘ……。旦那、お早いお越しで」

弐平が揉み手をしながら、近寄ってきた。すぐ後ろから、寅次が跟《つ》いてきた。血色のいい丸顔で、目が糸のように細い。寅ではなく、居眠りをしている猫のような顔である。

「弐平に頼みがあってな」

「旦那が、朝早くから来たところをみると、大事《でえじ》な頼みにちげえねえ」

弐平が唐十郎を上目遣いに見ながら言った。ギョロリとした目がひかっている。金の匂いを嗅ぎつけた顔である。どういうわけか、寅次まで、弐平の脇に立って上目遣いに見ている。並んでつっ立っているふたりの姿は、顔は似ていないが、親子のような雰囲気がある。

「内密な頼みでな」

そう言って、唐十郎は寅次に目をむけた。寅次には、話したくなかったのである。

「寅、おめえは奥で茶でも飲んでな」

弐平が寅次に言った。

寅次は不満そうな顔をしたが、首をすくめるように頭を下げて奥の座敷へもどった。

「で、どういった頼みです」

弐平が声をひそめて訊いた。

「夷誅隊のことだ」

「やっぱり、そのことで……」

弐平は顔をしかめて胴震いした。恐ろしがって見せ、礼金をつり上げる魂胆なのである。

「一味の隠れ家をつきとめてくれ」

唐十郎は単刀直入に言った。弐平にまわりくどい説明はいらないのである。

「じょ、冗談じゃゃねえ。話がでかすぎらァ」

弐平が目を剝いて言った。

「どうせ、町方として夷誅隊を探索しているのだろう。隠れ家が分かったら、知らせてくれればいいのだ」

「だ、旦那、八丁堀の旦那だって、怖がってまともに探っちゃァいねえんですぜ。神田川沿いで、晒し首を見たでしょうが。下手に嗅ぎまわれば、あっしの首も、ああなるんですぜ」

弐平が目を剝いてまくしたてた。

「これだけ出そう」

唐十郎は、指を一本立てて見せた。

「十両ですかい」

弐平は迷うような顔をしたが、承知しなかった。

「ひとり頭十両だ。ふたりの塒をつきとめれば、二十両、三人なら三十両……」

唐十郎は、神崎に話して山科家から出させようと思った。どうせ、幕府から出るのだから、山科家の腹が痛むことはないはずだ。

「三人で、三十両か」

弐平の目がひかっている。

「嫌ならいい。別の手を考えるからな」

そう言って、立ち上がろうとすると、弐平が慌てた様子で唐十郎の前に立ち、

「だ、旦那、いつも言ってるでしょう。旦那のためだったら、何だってやると。……よし、こうなったら、晒し首なんぞ、怖がっちゃァいられねえ」

そう言って、両腕をたくし上げた。弐平が何でもやると言っているのは、唐十郎のためでなく、金のためである。

「ただし、いまはこれだけだ」

唐十郎は懐から財布を取り出すと、一両だけつまみだした。山科家からもらった金は都合五十両、そのうち半分は弥次郎に渡し、手にした二十五両を料理屋などで使ったり、おかねに渡したりして、残っていたのは十両ほどである。そのうち三両を、助造に渡していた。いま、唐十郎の懐に、十両の金はなかったのだ。

「ど、どういうことで」

弐平が目を剝いた。

「いまは、これしか渡せないということだ」

唐十郎は涼しい顔して言った。

「そ、そんな」

弐平は握り潰した饅頭《まんじゅう》のように顔をしかめた。

「弐平、おれが約束した金を渡さなかったことがあるか」

「そりゃァねえが……。ですが、旦那、あっしが晒し首になっちまったら、どうするんですよ」

弐平が恨めしそうな顔で言った。

「残りの金はおまえといっしょに埋めてやるから、あの世へ持っていけばいい」

そう言って、唐十郎は立ち上がった。

4

「さァ、箕田どの、グッと空けて」

岡野は満面の笑みを浮かべて、助造の杯に酒をついだ。

柳橋の料理屋、小松屋である。二階の座敷には、五人の男が酒肴の膳を前にして座っていた。助造、笹山、岡野、高須、それに橋口である。

助造は、この場で初めて橋口と顔を合わせたのだが、笹山によると橋口は同じ長州藩を脱藩した浪士で、神道無念流を遣うそうである。

「いただきます」

助造は杯をかたむけ、一気に飲み干した。

「なかなか、いける口ですな」

岡野が言った。

「いえ、酒は強くないんです」

助造は照れたような顔をした。事実そうだった。一合も飲めば顔が赤くなり、三合も飲めば足元がふらつくのだ。ただ、酒が嫌いというわけではなかった。

「ところで、箕田どのは、狩谷道場を出たそうですな」

岡野が声をあらためて訊いた。

「はい、笹山どののところに世話になっています」

助造が、狩谷道場を出て五日目だった。

唐十郎と道場で話した日、助造はわずかな衣類を風呂敷につつんで道場を出ると、笹山がちかごろ住むようになった日本橋小網《こあみ》町の借家にころがり込んだのだ。そこは、座敷が二間と台所があるだけのちいさな家で、しかも仲間の連絡場所になっているらしく、ときおり顔の知らない浪士や虚無僧に身を変えた男などが出入りし、笹山と何やら話していることがあった。

「狩谷道場は、門を閉じたそうですが」

岡野がさらに訊いた。おそらく、笹山から聞いたのであろう。助造は、笹山に道場のことは話してあったのだ。

「はい、門弟が三人、怪我をして通えなくなったもので、お師匠が閉じたのです」

助造は怪我をした瀬崎たちの名は口にしなかった。

「それで、狩谷どのは、いまも道場におられるのかな」

「いいえ、道場を出ると言っていました」

「道場を出られたのですか。……それで、いまはどこに」

岡野が声を低くして訊いた。笹山や高須たちの目が、助造に集まっている。

「それが、分からないのです」

「箕田どのにも話さずに、道場を出たのですかな」

岡野は腑に落ちないといった顔をした。

「そうなんです。お師匠は独り暮らしで、ときどき道場を留守にするときがありますし、それに、親しくしてる方もいるようなので……」

助造は語尾を濁した。

「親しくしている方ですか」

なおも、岡野が訊いた。

「女の方です」

助造は、唐十郎に訊かなかったが、咲の許に身を隠したのではないかと思った。ただ、それがどこかは知らなかったし、訊く気もなかった。

「ああ、女ですか」

岡野が口元に微笑を浮かべてちいさくうなずいた。

いっとき、岡野と助造とのやり取りが途絶えると、橋口が口をはさんだ。

「たしか、狩谷道場には腕のたつ師範代がいるはずですが、何といったかな、名は」

すると、すぐに笹山が、

「本間弥次郎どのですよ」

と、言い添えた。

「そう、本間どのだ。それで、本間どのは、どうされたのです」

橋口が訊いた。

「ご師範も家を出て身を隠すと聞きましたが……」

助造は、語尾を濁した。

「本間どのは、どこへ身を隠したのかな」

岡野が低い声で訊いた。

「どこへ行かれたのか、聞いていないんです」

助造は弥次郎がはたして家を出たのかもはっきりしなかったのだ。それに、助造は道場のことを話す気にはなれなかった。

「まァ、いろいろあるんでしょう」

岡野はそれ以上訊かなかった。助造の顔に浮いた不興そうな表情に気付いたのかもしれない。

狩谷道場の話はそれで終わり、後は下田沖にあらわれた黒船のことや幕府がアメリカやロシヤと結んだ条約のことが話題になった。その場に集まった男たちは、いずれも尊皇攘夷を信奉し、郷里を捨てて出府した者たちだったので、おのずと話は夷狄の排斥や幕府の非難などに終始した。

「ところで、箕田どの」

話題が一段落したところで、岡野が助造に声をかけた。

「われらの同志として、国のために一命をなげうつ覚悟はできましたかな」

「は、はい」

助造はうなずいたが、まだそこまでの覚悟はできていなかった。

助造にも、いま日本が岐路に立たされ、未曾有《みぞう》の激流のなかにいることは分かっていた。そうしたなかで、ただ安穏と小宮山流居合の稽古をつづけているだけでいいのか、という思いが強かった。

——いまこそ、国士として一命を賭けて戦うときではないか。

そう己の心に訴えると、血がたぎり、体が燃えるように熱くなる。そして、笹山たちが主張するように、夷狄から日本の国を守るために戦うことこそ武士の本分ではないかと思うのだ。

かといって、攘夷のために一命をなげうつほどの覚悟はなかったし、小宮山流居合を捨てる踏ん切りもつかなかったのである。

「それは、結構。だが、容易なことではありませんぞ」

岡野の顔がけわしくなった。穏やかな笑いが拭い取ったように消え、助造を見つめた目に刺すようなひかりが宿っている。

「分かっています」

助造も、命懸けの戦いだとは思っていた。笹山も、ここにいる岡野たちも郷里を捨て、藩士としての家禄《かろく》を捨て、肉親を捨てて出府してきているのである。

「ときには、肉親を捨て、恩師を捨てねばなりません」

岡野がたたみかけるように言った。

「……！」

助造はけわしい顔でうなずいた。

「捨てるだけではござらぬ。親兄弟でも敵側にまわれば、斬らねばならなくなる」

「覚悟の上です」

思わず、助造はそう答えていた。

なぜか、岡野には逆らえなかった。岡野には、強い自信と熱意にくわえ、助造のような若者を魅了する不思議な魅力があった。そんな岡野と話しているうちに、助造はなぜか己が時代の激流のなかで生きる勇士のように思え、悲壮な決意が胸の内でかたまってきたような気がしてきたのである。

「ならば、箕田どのもわれらと行動を共にし、その居合の腕を生かしてもらいましょう」

岡野が語気を強めて言った。

すると、笹山、高須、橋口の三人が顔を見合わせてちいさくうなずいた。三人の顔には、これまで見せなかった凄みと酷薄さがあった。

「岡野さまについていけば、まちがいないような気がする」

助造が目をかがやかせて言った。

「岡野さまが、われらをひきいているのだ」

笹山が、岡野が隊長で、橋口が副隊長だ、と小声で言い添えた。ただ、夷誅隊の名は出さなかった。

5

小川町に入り、しばらく歩いたところで、笹山が路傍に足をとめた。

「箕田どの、あれが、山科の屋敷だ」

前方の屋敷を指差して言った。

五千石の旗本、山科佐渡守盛重の屋敷である。大身の旗本らしい豪壮な長屋門を構えていた。

この日、助造は笹山、橋口、高須、それに稲村孫七郎《いなむらまごしちろう》という浪士の五人で小川町へ来ていた。稲村は虚無僧に身を変えて、ときおり笹山の住処に姿を見せていた男である。

三日前、助造は柳橋の小松屋で飲んだ後、岡野と笹山に誘われ、岡野が贔屓《ひいき》にしているという小料理屋に立ち寄ってさらに飲んだ。そこは鈴屋《すずや》というちいさな小料理屋で、小松屋から数町の距離にあった。どうやら、岡野は鈴屋の女将のおせんという年増を馴染みにしているようだった。

その座敷で岡野は、

「この江戸に、われら同志の不倶戴天《ふぐたいてん》の敵がおるのだ」

と前置きし、幕府側に征伐組と名乗る者たちがいて、尊皇攘夷派の浪士を皆殺しにせんと兇刃《きょうじん》をふるっていることを話した。

「征伐組ですか」

このとき、助造は初めて征伐組の名を聞いたのだ。それにしても、あからさまな名だ、と思っただけである。

「その征伐組に、多くの同志が斬り殺されたのだ。われらは、攘夷を決行するためにも、この征伐組を始末せねばならんのだ。そのために、箕田どのの腕も貸してもらいたい」

岡野が熱っぽく言った。

「承知しました」

助造は、強くうなずいた。浪士として、日本国のために戦おうという気になっていたのだ。

「その征伐組を束ねているのが、旗本の山科佐渡守なのだが、山科がみずから指図しているわけではないだろう。なにせ、山科は御側衆の要職にあり、幕政を動かしているひとりだからな」

岡野は、名は分からぬが山科の側近のだれかが組頭として、征伐組を動かしているはずだと言い添えた。

「それで、われらはどう動くのです」

助造が訊いた。

「征伐組などと大層な名はあるが、せいぜい七、八人の組織でな、四、五人斬れば、壊滅するはずだ」

「組の者たちの居所は、分かっているのですか」

「何人かはな」

そう言うと、岡野は戸惑うような表情を浮かべ、かたわらにいる笹山に目をやった。このとき、岡野は唐十郎と弥次郎のことを助造に話そうかどうか迷ったらしい。むろん、助造は、まだ唐十郎と弥次郎が征伐組にかかわってることは知らなかった。

「ともかく、山科の屋敷に出入りしている者を斬りましょう」

笹山が言った。まだ、助造に唐十郎たちが敵であることを話すのは早いと思ったようだ。

「そうだな。稲村が顔を見ているので、屋敷を見張れば、分かるはずだ。箕田どの、橋口や高須たちとともに征伐組を討ってくれ」

岡野は助造の肩をたたき、頼むぞ、と言い添えた。

「やります」

助造は熱病にかかったように目をひからせていた。酒だけでなく、浪士とともに日本国を夷狄から守るという思いに酔っていたのだ。

そうした経緯があって、今日、助造は小網町の借家に姿を見せた橋口や高須とともに小川町へ足を運んできていたのである。

「どうする。この辺りで見張るか」

橋口が高須に訊いた。

「五人もで、見張ることはあるまい」

高須が表情のない顔で言った。

「もっともだな。それに、身を隠すにしろ、五人もいたら付近の住人が不審に思うだろうからな。……陽が沈むまで、おれと稲村とで見張ろう」

橋口が、高須たち三人は、昌平橋のたもと近くにあった一膳めし屋で、一杯やっていてくれ、と言った。

橋口は副隊長だったが、高須をたてることが多かった。高須の剣の腕に、一目置いているからであろう。

すでに陽は西の空にまわり、一刻（二時間）ほどすれば、日没だろうと思われた。

「たしか、戸口の障子に樽政《たるまさ》と書いてありました」

笹山が言った。

小川町へ入る前、昌平橋のたもとを横切りながら、須田《すだ》町の通りの角に一膳めし屋があるのを見ていたのだ。助造は気付かなかったが、その店の戸口の腰高障子に樽政という屋号が書いてあったらしい。

助造たち三人は、樽政で待つことにした。

樽政は賑わっていた。飯台で、仕事帰りらしい大工、ぼてふり、店者らしい男、それに武家屋敷に奉公している中間などが酒を飲んだり、めしを食ったりしていた。

助造たち三人は隅の飯台があいているのを目にし、腰掛け代わりに並んでいる空樽に腰を下ろした。

三人は注文を訊きにきた親爺《おやじ》に、酒と板壁に張り付けてあるお品書きを見てそれぞれが肴を頼んだ。三人はほとんどしゃべらず、手酌で勝手に飲んでいた。店の客に話を聞かれたくなかったし、これから人を斬りにいくと思うと、さすがに気が高揚《こうよう》して話をする気にもなれなかったのである。

助造たち三人が樽政に腰を落ち着けて半刻（一時間）ほどしたとき、橋口が慌てた様子で店に入ってきた。

「おい、来たぞ」

橋口が小声で言った。

助造たち三人は親爺に金を払い、すぐに店を出た。

店の外が妙に明るかった。西の空が残照に染まり、町筋は淡い鴇《とき》色につつまれている。

小走りに小川町へむかいながら、橋口が話したところによると、稲村が顔を覚えている征伐組のふたりが屋敷を出たのを目にし、その場に稲村を置いて知らせに来たという。

まだ、昌平橋の前の八《や》ツ小路は賑やかで、大勢の通行人が行き交っていた。その八ツ小路を通り抜け、神田川沿いの通りをいっとき歩くと、武家屋敷だけになり、急に人影が途絶えて寂しくなった。

「稲村が来る」

橋口がそう言って足をとめた。

見ると、通りの先から稲村が走ってくる。助造たち三人も路傍に足をとめ、稲村が近付くのを待った。

「こっちへ来るぞ！　身を隠せ」

稲村が、声をつまらせて言った。よほど急いで来たと見え、息がはずみ顔が紅潮していた。

稲村が、後ろのふたりだ、と慌てて言い添えた。見ると、遠方にちいさな人影がふたつ見えた。武士らしく二刀を帯びている。こちらに歩いてくるようだ。

稲村によると、屋敷を出たふたりがこちらにむかったので、脇道をたどって先回りして来たという。

「ともかく、身を隠そう」

助造たちは周囲に目をやり、武家屋敷の築地塀の陰に身を隠した。

6

ふたりの武士が近付いてきた。助造は知らなかったが、征伐組の長沼鎌次郎と大隅春蔵である。

神田川沿いに首を晒した佐々崎と荒船の死体を神崎たちが引き取りに来たとき、稲村は虚無僧に化けてその場から様子をうかがい、長沼と大隅の顔を見ていたのだ。

「箕田、人を斬ったことがあるか」

橋口が訊いた。

「ある」

助造はこれまで唐十郎が依頼された討っ手や敵討ちの助勢などにくわわり、人を斬ったことがあった。

「ならば、箕田と笹山とで、右手の小柄な男を斬れ」

橋口が指示した。

助造と笹山は知らなかったが、小柄な男は大隅だった。神道無念流の遣い手である。

「もうひとりの男は、おれが斬る」

高須が抑揚のない声で言った。前方から来るふたりを睨むように見すえている双眸に、餓狼《がろう》のようなひかりがある。

「鬼の洋造なら、為損《しそん》じることはあるまい。おれと稲村は、後ろにまわって逃げ道をふさごう」

橋口が言った。高須は、鬼の洋造と呼ばれているらしい。

大隅と長沼が、近付いてきた。待ち伏せされているとは知らず、ゆっくりとした歩調で談笑しながら歩いてくる。

ふたりが、潜んでいる助造たちの前まで来たとき、五人はいっせいに築地塀の陰から走り出た。

助造と笹山は大隅の前に走り、高須が小走りに長沼の前へ出た。橋口と稲村は大隅たちの背後にまわり込む。

「な、なにやつ！」

大隅が、目を剝いて声を上げた。

助造は無言のまま大隅の前に立った。笹山がすばやく大隅の左手後方にまわった。

助造は大隅を睨むように見すえ、左手で鯉口を切り、右手を柄に添えた。大隅にむけられた目はするどく、相手を竦《すく》ませるような凄《すご》みすらある。いま、助造は攘夷も浪士もなく、ひとりの剣客として大隅と対峙していた。

「うぬら、夷誅隊の者だな」

大隅が叫びざま、抜刀した。

「問答無用!」

笹山が声を上げ、いきなり抜きつけた。

小宮山流居合、真向両断。

小宮山流居合の初伝八勢の技のひとつである。踏み込みながら抜きつけ、敵の真っ向へ斬り込むだけの基本の技だ。

瞬間、大隅は脇へ跳んで笹山の抜き打ちをかわし、笹山の方へ反転しようとした。

その一瞬の隙を、助造がとらえた。

イヤアッ!

裂帛の気合と同時に、助造の体が躍《おど》った。

小宮山流居合、虎足。

虎足は猛虎のような果敢な寄り身で、一気に敵の正面に踏み込み、やや遠間《とおま》から敵の鍔元《つばもと》へ抜きつける技である。

助造は大隅の正面があいたのを見て、虎足をしかけたのだ。

シャッ、という刀身の鞘走る音とともに、助造の腰元から閃光がはしった。切っ先が稲妻のように大隅の鍔元をおそった。次の瞬間、大隅の刀が足元に落ちた。

大隅の右の前腕がザックリと裂け、血がほとばしり出た。助造の抜きつけの一刀が大隅の右腕をとらえたのである。

大隅が呻き声を上げて、後じさった。

「死ね！」

叫びざま、笹山が目をつり上げて斬り込んだ。

振りかぶって真っ向へ。

その切っ先が、後じさった大隅の頭部をとらえた。

ギャッ！　という凄まじい絶叫を上げて、大隅が後ろへよろめいた。大隅の側頭部が裂けて、鬢《びん》ごと片耳が削げている。真っ向へ斬り込んだ笹山の一撃がわずかにそれて、側頭部をえぐったのだ。

大隅は狂人のような叫び声を上げて、ふらふらと歩いた。大隅の半顔が、赤い布をおおったように真っ赤に染まっている。

「とどめを刺してくれる！」

背後で見ていた橋口が、大隅の脇から振りかぶって斬りつけた。

一颯《いっさつ》は大隅の首根に入り、血飛沫が噴いた。

大隅は身をのけ反らせたが、その場につっ立ったまま動かなかった。首根から血飛沫が散っている。

ふいに、大隅は腰から沈み込むように倒れ、地面につっ伏した。いっとき、大隅は四肢を痙攣《けいれん》させていたが、やがて動かなくなった。絶命したらしい。首根から血の滴《したた》り落ちる音が、かすかに聞こえるだけである。

「始末がついたようだな」

橋口が、頬についた返り血を手の甲でこすりながら言った。

橋口も人を斬った後の昂りがあるらしく、肩先がかすかに震え、目には底びかりのする残忍な色があった。

高須も、長沼を仕留めていた。路傍に血まみれになった長沼の死体がころがっていた。凄惨な斬殺体である。

高須は、示現流の一気の寄り身から真っ向へ斬り込む一刀で斬ったらしい。それにしても凄まじい一撃である。

長沼の頭部が割れ、赭黒《あかぐろ》い血の塊《かたまり》のようになっていた。片目が飛び出しているのが分かるが、後は鼻も口も血にまみれてはっきりしなかった。大きく割れた頭部から、頭蓋骨がのぞいている。

「また、晒し首にするか」

高須が、うす笑いを浮かべながら言った。

「いや、その間はない。騒がれては面倒だ」

橋口が通りの左右に目をやった。

通りすがりの者が数人、路傍に立ってこちらを見ている。町人や中間らしい男のなかに武士の姿もあった。

「引き上げよう」

橋口が小走りに昌平橋の方へむかった。

助造たち四人も、すぐにその場を離れた。

7

すでに辺りは暮色に染まっていたが、昌平橋のたもとの八ツ小路までくると、人影が多くなり、助造たちはそのなかにまぎれることができた。

「ここまでくれば、だいじょうぶだ」

橋口が通り沿いの店仕舞いした表店の前に足をとめた。

「たあいもないやつらだ」

高須がこともなげに言った。

「今夜は酒で血を流したいが、五人いっしょでは目につく。ここで、別れよう」

橋口は、ふたりで飲んでくれ、と言って、笹山と助造に二両ずつ渡した。

人を斬った後は、気が異様に昂るのだ。その気を鎮めるため、女を抱いたり酒に酔ったりする。

助造にも経験があった。唐十郎や弥次郎などは、切腹の介錯で首を落としたり、討っ手として人を斬った後は、血に酔った、と称して、女を抱いたり酒を飲んだりしていた。助造も、唐十郎たちと同行して酒をつきあったことが何度かあった。

「ありがとうございます」

笹山は、こわばった顔をくずした。

助造と笹山は、その場で橋口たち三人と別れた。橋口たちは、柳橋へ出かけて飲むという。

助造たちは、小網町の住居近くの飲み屋に入った。店先に縄暖簾を出した小体な店で、土間に飯台が三つあるだけだった。助造と笹山は、隅の飯台に腰を落ち着けた。

親爺が頼んだ酒と肴を飯台に置いて去ると、助造が銚子を取り、

「飲もう」

と言って、笹山の猪口《ちょこ》についでやった。

「箕田どのも、飲め」

笹山もすぐに銚子を取った。

いっときふたりで酌み交わした後、

「笹山、聞きたいことがある」

助造が声をあらためて言った。

「おれたちは夷誅隊なのか」

助造は、大隅が叫んだ言葉が耳に残っていたのだ。

一瞬、笹山は困惑したように顔をしかめたが、すぐに意を決したようにうなずき、

「言おう言おうと思っていたが、なかなか言い出せなかったのだが」

そう前置きして、笹山は助造の耳元に顔を寄せ、

「おれたちは夷誅隊だ」

と、声をひそめて言った。

「……！」

助造は驚きに目を剝いたが、それほど強い衝撃ではなかった。はっきり意識はしていなかったが、胸の底にあるいはという思いがあったせいかもしれない。

ただ、助造は次の言葉がでなかった。何か鉛《なまり》のように重い物が胸につまったよう

な気がして、暗い気持ちになったのだ。

「われわれは攘夷を決行し、この国を守るためには、ある程度の犠牲《ぎせい》はやむをえないと思っている」

笹山が小声で言った。どうやら、江戸市中の大店を襲って金を強奪していることをいっているらしい。

助造は、そうは思わなかった。いかに、夷狄から日本を守るためとはいえ、何の罪もない町人を斬り殺し、金を奪うような非道な真似をしていいものだろうか。いかなる大義名分があろうとも、許される行為ではない、と助造には思えた。

「まだ、われわれの力は弱い。攘夷を決行するためには、多くの同志を集めねばならぬ。そのためには、金がいる。どうしても、御用金が必要なのだ」

笹山は小声だが、強いひびきのある声で言った。

「うむ」

だからといって、非道な犯罪を犯していいはずはない。

「箕田どのには、話しておこう」

笹山が声をあらためて言った。

「なんだ」

「われわれは、いつまでも江戸にいる気はないのだ。さらに同志をつのった上で、上洛《じょうらく》する」

「京へ行くのか」

「そうだ。御所に建白書を差し出し、攘夷の勅諚《ちょくじょう》を得てから、長州、土州、薩州らの心ある浪士たちと大規模な攘夷決行隊を組織する。そして、夷《えびす》どもをわが国から締め出す尖兵《せんぺい》となるため、あらためて東下するつもりなのだ。御所の多くの方々は、攘夷のご意志がお強く、勅諚はかならず得られるはずだ」

笹山が顔を紅潮させて言った。目がひかっている。酒のせいだけでなく、己が口にした壮大な計画に陶酔しているようだ。

「もうひとつ、箕田どのに、話しておくことがある」

笹山が急に声を低くして言った。

「お師匠と師範代のことだ」

「お師匠たちが、どうかしたのか」

「実は、おふたりは征伐組なのだ」

「な、なに！」

助造は驚愕《きょうがく》に目を剝いた。ふいに、あたまを鈍器で殴られたような衝撃を覚え、頭のなかが真っ白になった。

師匠や師範代が、だれかに依頼を受けて、切腹の介錯をしたことや何者かの命を狙っているらしいことは気付いていた。だが、征伐組とは思っていなかった。しかも、征伐組は自分たち夷誅隊を皆殺しにしようとしているのだ。

——おれは、お師匠たちと戦うことになる！

何ということであろうか。自分は師匠や師範代と刃《やいば》を向け合う立場にいるのだ。しかも、今日、師匠たちの仲間を斬ってきたばかりである。

「箕田どの、狭い一道場にとらわれるべきではないぞ。われら浪士は親兄弟を捨て、郷里を捨てて、ひろく日本の国の行く末を見ているのだ。国士とはそういうものだ」

笹山が熱っぽい口調で言った。

「だが、おれはお師匠やご師範を裏切れない」

本音だった。浪士が尽忠《じんちゆう》報国の志であらねばならぬことは分かっている。だが、師匠や師範代を裏切ることはできない。

「江戸市中で、あれほど盛んな玄武館《げんぶ》や練兵館《れんぺい》も同じではないか。同門であろうと武士ならば、いずれ道場を出て、攘夷のために立つ者と幕府側に立つ者とに分かれて争うこととなるのだ」

さらに、笹山が言いつのった。

玄武館は千葉周作《ちばしゆうさく》の北辰一刀流の道場で、練兵館は斎藤弥九郎《さいとうやくろう》の神道無念流の道場である。この時代、桃井春蔵《もものいしゆんぞう》の鏡新明智流《きようしんめいち》の士学館《しがく》とともに、江戸の三大道場と謳《うた》われ、大勢の門人を集めていた。

「うむ」

いわれてみれば、北辰一刀流の者や神道無念流の者は、夷誅隊の浪士のなかにもいるし、幕府側の征伐組のなかにもいるはずである。

「いまは、剣術の流派などにとらわれるときではない。それに、箕田どのは、すでに浪士として征伐組の者を斬っているのだ。立派にわれらの同志ではないか」

そう言って、笹山が銚子を取った。

「だが……」

助造は猪口に酒をついでもらいながら、苦渋に顔をしかめた。

笹山の論が正しいような気もしたが、かといって、師である唐十郎に刃をむけることはできないし、小宮山流居合を捨てることもできないと思った。助造にとって唐十郎は親以上の存在であり、これまで小宮山流居合とともに生きてきたと言ってもいいのである。

「箕田どの、そう深刻になることはないと思うな」

笹山が笑みを浮かべて言った。

「箕田どのに、お師匠や師範を斬れといっているのではないぞ。おれだって、世話になったおふたりに、刃をむけることなどできぬ。だから、今日のように別の相手を斬ればいいのだ。町道場の主と、われら浪士の目指す道はちがう。敵対する立場になっても、仕方がないことではないか」

「そうかな」

助造は手にした猪口の酒を一気に飲み干した。

まずい酒だった。重く暗い物が胸の内に充満し、酒の味など分からなかったといった方がいい。

「さァ、飲もう。われらは浪士として国を動かすのだ」

笹山が鼓舞するように言った。

第四章　奇襲

1

この日、唐十郎は弥次郎とふたりで、湯島門前町にある福寿屋《ふくじゅや》という料理屋に足を運んだ。湯島天神の門前通りにある老舗《しにせ》である。

三日前、唐十郎は、咲から征伐組のふたりが小川町の神田川沿いの通りで夷誅隊と思われる者たちに斬殺されたと聞き、山科家を訪ねたのである。

すると、神崎が姿を見せ、長沼と大隅が斬られたことを話し、

「狩谷どのと本間どのに、あらためて相談がござる。湯島の福寿屋に来ていただけないだろうか」

と、苦渋の顔で言ったのである。

唐十郎と弥次郎が福寿屋の暖簾をくぐり、出迎えた女将に、名を告げると、

「さ、どうぞ、神崎さまたちがお待ちでございます」

そう言って、すぐに二階の座敷に案内した。

座敷には、六人の武士が座していた。神崎、林、江川、梅戸、それに初めて見る顔のふたりである。

唐十郎と弥次郎が、神崎の脇に敷いてあった座布団に腰を下ろすと、

「林の脇にいるふたりは、新たにわれらの同志となった佐山《さやま》どのと小松崎《こまつざき》どのだ」

と言って、ふたりを紹介した。

佐山篤平《あつへい》、元会津藩士で、北辰一刀流を遣うという。長身で、鼻梁の高い男だった。もうひとりは小松崎直枝《なおえ》、上州の郷士で馬庭念流の遣い手だそうだ。六尺を超える偉丈夫《いじょうふ》で、柔術も達者だという。ただ、その巨軀に反して、子供のようによく動く丸い目をしていた。いかにも、人のよさそうな男である。

神崎によると、長沼と大隅が斬られたこともあり、ふたりに声をかけて組にくわわってもらったそうだ。さらに、ふたりの腕の立つ御家人と話を進めているので、征伐組の隊士も増えそうだという。

つづいて、唐十郎と弥次郎がそれぞれ名乗ったとき、障子があいて女将と女中が酒肴の膳を運んできた。

「まずは、一献」

神崎が唐十郎と弥次郎の杯に酒をついだ。

そして、座の八人が酌み交わした後、

「このままでは、わしらはおちおち山科家を出ることもできぬ。征伐組どころか、征

伏されているのはわしらだ」

神崎が、苦渋に顔をしかめて言った。

「長沼どのと大隅どのを斬った者たちは、まちがいなく夷誅隊の者なのか」

唐十郎が訊いた。

「浪人ふうの男で五人いたそうなので、まずまちがいない」

神崎によると、山科家に奉公する忠吉《ちゅうきち》という中間《ちゅうげん》が通りかかり、長沼と大隅が斬殺されるのを目撃したという。

「そうか」

「五人のなかに、居合を遣う若い武士がいたそうだが、狩谷どのは何か心当たりがおありか」

神崎が訊いた。

「居合だと」

そのとき、唐十郎の脳裏に助造のことがよぎったが、すぐに思い返した。居合を遣う者は、江戸にもすくなからずいるはずである。居合を遣うというだけで、助造と結びつけるのは早すぎる。

「いや、思いあたることはない」

唐十郎は、助造のことを口にしなかった。

「いずれにしろ、わしらとしては夷誅隊の者たちを征伐するしかない。そのためにも、やつらの塒《ねぐら》をつきとめて、斬らねばならぬ」

神崎が語気を強めた。

すると、脇に座していた林が口をはさんだ。

「実は、長沼と大隅が斬られる数日前、小川町の屋敷近くで門から出入りする者を見張っていた者がいるらしいのだ」

林によると、山科家の家士と中間が、屋敷近くの路傍の物陰から門を見張っている虚無僧の姿を見かけたという。

「そやつ、夷誅隊の密偵ではないかな」

江川が言った。丸顔で眉の濃い男である。

「おれもそうみている。そやつ、これからも屋敷の近くにあらわれるのではないかな」

林がそう言うと、

「そいつをつかまえて、口を割らせればいいではないか」

と、小松崎が口をはさんだ。

「いや、きゃつらは簡単に口を割らぬ。仲間のことを吐くより、死を選ぶはずだ。捕らえるより、跡を尾けて仲間の居所をつきとめた方がいい」

神崎が口をはさんだ。

「おれがおとりとなって、そいつをおびきだすから、だれか跡を尾けてくれ」

林がそう言うと、江川と梅戸が、おれたちでやる、と言い出した。

「ふたりに頼もう」

神崎は唐十郎と弥次郎に目をむけ、

「きゃつらの隠れ家が分かったら、また、腕を貸してもらいたい」

と言って、銚子を取った。

唐十郎は杯で受けながら、

「おれたちも、隠れ家を探ってみよう」

と、弥次郎に目をやりながら言った。弥次郎がちいさくうなずいた。

すでに、唐十郎はそのために動いていた。自分で探索はやらないが、弐平に頼んであったし、咲も伊賀者を使って夷誅隊の隠れ家を探っているはずである。

「それは、かたじけない」

神崎の顔にほっとした表情が浮かんだ。やはり、唐十郎と弥次郎に対する期待は強いようだ。

「隠れ家がつかめたら、神崎どのに知らせるつもりだ」

唐十郎は、相手の人数にもよるが、隠れ家を襲うときは征伐組の力も必要だと思ったのだ。

「そうしてくれ。……もうひとつ、狩谷どのと本間どのの耳に入れておきたいことがある」

神崎の話によると、山科邸が征伐組の本拠になっていることを敵に知られているので、住処を変えたいという。

山科の配下で、御目付をしている石島稲左衛門《いしじまとうざえもん》という千石の旗本の屋敷が本郷《ほんごう》にあり、そこの長屋を借りることで話がついているそうだ。

なお、石島は幕府から内々に山科とともに夷誅隊の征伐を命じられているという。

「今後、わしと連絡を取るときは石島さまの屋敷へ来てくれ」

神崎が言い添えた。

「承知した」

どうやら、神崎はこのことも唐十郎たちに伝えるためにこの場に呼んだらしい。

「これは、殿よりこれまでの礼として預かったものでござる」

そう言って、神崎は懐から袱紗《ふくさ》包みを取り出すと、そのまま唐十郎の膝先に置いた。

「いただいておく」

唐十郎は袱紗包みごとつかんだ。切り餅が四つ、百両である。

それから一刻（二時間）ほど飲んで、唐十郎は腰を上げた。

「狩谷どの、油断するなよ。きゃつらの目が、どこにあるかしれんからな」

神崎が唐十郎を見上げて言った。

2

弐平は小松屋の店先に目をむけていた。脇に、寅次が神妙な顔をして屈《かが》み込んでいる。ふたりは、小松屋の斜向かいにある店仕舞いした小間物屋の脇の暗がりに身をひそめて、店に出入りする客に目をくばっていたのだ。

弐平は三日前、柳橋を縄張りにしている地まわりの源助《げんすけ》という男に会ったとき、

「源助、ちかごろ柳橋界隈《かいわい》で、うろんな浪人の噂を耳にしねえか」

と、訊いた。

「親分、そういゃァ、小松屋の女中が妙なことを言ってやしたぜ」

源助が弐平を上目遣いに見ながら言った。

「妙なこととは」

「二日前に、小松屋で三人の侍が遅くまで飲んだそうでしてね。そんとき、三人のうちのふたりの袖口と胸のあたりに、血の染みがあったらしいんでさァ」

「血がな」

「そばで見ねえと分からねえが、返り血のようだったと言ってやしたぜ」

「その浪人の名は、分かるか」

ただの鼠じゃァねえな、と弐平は思った。

「そこまでは分からねえ。おれに話したのはお滝《たき》ってえ女中でしてね。親分が、訊いてみりゃァいい。小股の切れあがった、ちょいといい女ですぜ」

源助はうす笑いを浮かべて言うと、弐平に背をむけて歩きだした。

さっそく、弐平は小松屋に出かけ、お滝に会って話を聞いた。源助が話していたとおり、三人の浪人のうちのふたりの着物に返り血らしい血の痕《あと》があったという。

「ふたりとも、濃い茶の地の袷《あわせ》でね。そばで見ないと気付かないような染みでしたよ」

お滝が言い添えた。

弐平は浪人の名や住処などを訊いたが、お滝は首を横に振るばかりだった。三人は名や住処など、自分たちのことはいっさい口にしなかったという。

「初めての客か」

「いえ、ときどきみえるんですよ。四、五人で来るときもありますけどね」

お滝によると、いずれも浪人体だが金払いはいいという。

「人相は分かるだろう」

弐平は、夷誅隊かもしれないと思った。

「顔は隠しようがないからね」

そう言って、お滝は三人の顔付きや体軀などを話した。

お滝から話を聞いた弐平は、小松屋に張り込んでみようと思った。浪人たちは小松屋を贔屓《ひいき》にしているようなので、近いうちにまたあらわれるのではないかと踏んだのである。

そして、昨日から陽が西にまわったころ、小松屋の店先の見える物陰に寅次とふたりで身を隠して見張っていたのである。

「親分、それらしいやつは姿を見せませんぜ」

寅次が生あくびを噛み殺しながら言った。

弐平たちがこの場に張り込んで、二刻（四時間）ちかく経つ。寅次は飽きてしまったらしい。それに、長時間なので足腰も痛くなったようだ。

「馬鹿野郎、御用聞きで一番大事《でえじ》なのは根気よ。このくれえのことで、弱音を吐くようじゃァ、お上のご用はつとまらねえぜ」

弐平はもっともらしいことを言ったが、弐平自身もうんざりしていた。いつ、あらわれるか分からない相手を待つほど嫌な張り込みはないのである。目の前に、ひとり頭十両の金がぶら下がっていなければ、すぐに切り上げて亀屋へもどるところである。

「もうすこし辛抱しろい」

弐平は自分にも言い聞かせた。

辺りは、濃い暮色につつまれていた。小松屋のある通りは料理屋や料理茶屋などが建ち並び、飄客《ひょうかく》、遊び人ふうの男、箱屋を連れた芸者などが行き交っていた。あちこちから嬌声、酔客の哄笑、手拍子、三味線の音などがさんざめくように聞こえ、華やいだ雰囲気につつまれている。

――今夜は来ねえようだ。店に帰《けえ》って熱燗《あつかん》で一杯やるか。

そう思って、弐平が屈んでいた腰を伸ばしたときだった。

「親分、それらしいのが来やしたぜ」

と、寅次が声を殺して言った。

小松屋の店先に目をやると、ちょうどふたりの武士が店に入るところだった。戸口の掛け行灯の明りに、浪人体のふたりの姿が浮かび上がっている。

ひとりは三十代半ばと思われる長身の男だった。もうひとりは大柄な体軀で、胸が厚く腰がどっしりとしていた。

――やつらだ！

と、弐平は直感した。長年岡っ引きとして生きてきた弐平の目が、ふたりの男の身辺にただよっている殺伐とした雰囲気を感じとったのである。

「まちげえねえな」

「夷誅隊ですかい」

寅次が目をひからせて訊いた。

「まァな」

そうだ、とは、弐平も断定できなかった。

「親分、どうしやす」

寅次が両袖をたくしあげながら訊いた。

「やつらの跡を尾けて、塒をつきとめるのよ」

弐平は、ふたりで二十両だな、と胸の内でほくそ笑んだ。

「ですが、親分、やつらは店に入っちまいやしたぜ」

「出てくるまで、待つしかねえだろう」

「ま、待つんですかい。いつ出てくるか分からねえ」

寅次が急に肩を落として言った。

「ふたりで踏み込んで、お縄にするわけにはいかねえだろう。待つしか手はねえんだ。辛抱しろい」

二十両のためだ、と弐平の口から出かかったが、慌てて口をつぐんだ。唐十郎から金をもらうことになっていることは、寅次に内緒なのである。

それでも、弐平は寅次がかわいそうに思って、

「おめえ、先に角の升屋《ますや》でそばを食ってこい」

と、言った。半町ほど先の四辻の角にそば屋があったのを見ておいたのである。

「お、親分は」

寅次が声をつまらせて訊いた。自分だけ行くわけにはいかないと思ったようだ。

「交替だよ。おめえが帰ってきたら、おれが行く」

「へ、へい」

寅次は暗がりから出ると、飛び跳ねるようにしてそば屋にむかった。

それから半刻(一時間)ほどして、ふたたびふたりは小間物屋の脇に顔をそろえた。まだ、小松屋に入ったふたりの浪人は出てこない。

3

「き、来た!」

寅次が声を上げた。

店先の明りのなかに、女将らしい年増に送られた浪人体のふたりが姿を見せた。ふたりは女将に何か声をかけ、女将が大柄な男の肩先をたたいて、嫌ですね、と言って笑うのが聞こえた。大柄な男が、何か卑猥《ひわい》なことでも口にしたのかもしれない。

すぐに、ふたりは店先を離れ、通りを浅草御門の方へむかって歩きだした。

頭上に月が出ていた。風のない夜で大気は澄んで冷たかったが、春の訪れを感じさせるやわらかさもあった。

弐平と寅次は通りへ出ると、物陰や軒下闇などをたどりながらふたりの浪人の跡を尾けた。前を行くふたりの姿を見失うようなことはなかった。提灯の灯《ひ》はなかったが、ふたりの姿が月光に浮かびあがっていたのである。

ふたりの浪人は、浅草御門の前を横切り、神田川沿いの通りを湯島の方へむかっていく。そして、神田川にかかる新シ橋を渡り始めた。

「親分、どこまで行くんですかね」

歩きながら寅次が訊いた。

「おれにも分からねえ」

前を行くふたりは、新シ橋を渡り柳原通りへ出ると、筋違《すじかい》御門の方へいっとき歩いてから左手の路地へまがった。

ふたりは町筋をしばらく歩き、掘割《ほりわり》沿いにあった板塀をめぐらせた町家に入っていった。妾宅《しょうたく》ふうの古い家である。そこは小伝馬上町《こでんまかみ》で、表通りからすこし離れ、空き地や笹藪なども目立つ寂《さび》しい地だった。

弐平と寅次は、板塀に張り付いてなかの様子をうかがった。家のなかに灯が点ったことは分かったが、話し声も物音も聞こえなかった。

「親分、なかへ入《へえ》ってみやすか」

寅次は枝折《しお》り戸から敷地内に入って、なかの様子を探る気のようだ。

「おめえ、神田川沿いで晒し首を見たろう」

弐平が渋い顔で言った。

「へ、へい」

「ああなりたくなかったらな、あぶねえところへ近付かねえことだ。あぶねえ真似をしなくとも、探れるんだよ」

「どうするんで」

寅次が訊いた。

「明日、出直してな、聞き込むのよ」

そう言って、弐平はその場を離れた。寅次も足音を忍ばせて跟《つ》いてきた。

翌日、午後になってから弐平は寅次を連れ、ふたたび小伝馬上町へ足を運んだ。そして、ふたりの浪人が入った家の近くの表通りを歩き、一膳めし屋や酒屋など浪人暮らしの男が立ち寄りそうな店に入って、聞き込んだ。その結果、ふたりの浪人のことがだいぶ知れてきた。

ふたりが住んでいるのは、日本橋にある呉服屋の主人が妾を住まわせていた家で、半年ほど前に妾が死に、空き家になっていたのをふたりの浪人が借りて住むようになったという。

ひとりだけ、名も分かった。大柄な男の名は横瀬宗之助。一膳めし屋の親爺によると、横瀬が別の浪人と飲みにきたとき、名乗ったのを耳にしたという。

ふたりは家を留守にすることが多く、得体の知れない浪人なので、近所の者も怖がって近付かないそうである。

——ここから先は、野晒の旦那にまかせるか。

弐平は、これ以上深入りするのはあぶないと思った。夷誅隊なら、弐平が嗅ぎまわっていることに気付けば、情け容赦《ようしゃ》なく命を奪うだろう。

弐平は、岡っ引きとして生きていくには、あぶねえ橋は渡らねえことだ、と思っていた。とくに、ちかごろの江戸市中は物騒で、お上のご威光もあてにならなかった。己の身は己で守らないと生きていけないのである。

「寅次、引き上げるぞ」

弐平が小声で言った。

「へっ、もう引き上げるんで」

「そうだよ」

弐平が仏頂面《ぶっちょうづら》をして言った。

「だって、親分、まだ聞き込みを始めたばかりですぜ。あいつらは夷誅隊じゃァねえんですかい」

寅次が不満そうに口をとがらせた。

「寅次、ここから先は十手《じって》持ちだけじゃァ無理なんだ。もうすこし様子を見てな、八丁堀の旦那が動くのを待って、おれたちも動くのよ。……分かるか、寅次、捕物もな、ご用聞きだけでつっ走っちゃァいけねえ世の中になっちまったのよ」

歩きながら弐平がしみじみした口調で言った。

「へえ、そんなもんですかね」

寅次には分からないらしく、しきりに首をひねっている。


翌日から、弐平は亀屋から出ずに唐十郎が姿を見せるのを待った。唐十郎が狩谷道場を出て身を隠した後、三日に一度ほど近くを通りかかったおりに亀屋に立ち寄り、そばを食いながら、その後の探索の様子をそれとなく聞いたのである。

唐十郎が亀屋に姿を見せたのは、弐平と寅次が小伝馬上町で聞き込みをした三日後だった。ふらりと店に立ち寄った唐十郎は、いつものように追い込みの座敷の隅に腰を下ろした。

「旦那、待ってやしたぜ」

弐平が揉み手をしながら板場から出てきた。

「何かつかんだようだな」

唐十郎は弐平の口元がゆるんでいるのを見て、何か情報をつかんだことを察知した。

「まだ、はっきりしやせんがね」

そう前置きして、ふたりの浪人を小松屋から尾け、小伝馬上町の隠れ家を見つけたことをかいつまんで話した。

「ひとりは、横瀬という名か」

唐十郎は、横瀬という名に覚えはなかった。

「へい」

「だが、ふたりが夷誅隊かどうかはっきりしないわけだな」

「ですが、旦那、まずまちげえねえ。旦那なら、ふたりをつかまえて締め上げればいい。そうすりゃァ他の仲間の居所も吐きやすぜ」

「うむ」

ふたりが夷誅隊かどうか確かめる手は他にもあった。山科家に奉公している忠吉という中間が、長沼と大隅が殺された現場で襲った五人の顔を見ていた。その忠吉に、ふたりの顔を確かめさせればいいのである。

「ヘッヘヘ……。それじゃァ、旦那、お約束の物をいただきやしょうかね」

弐平が唐十郎に身を寄せて、鼻先に手を出した。

「分かった。ひとり頭十両だったな」

「へい」

弐平が威勢のいい声を上げた。

「では、約束の金だ」

唐十郎は財布から十両出して、弐平の手に載せた。

「だ、旦那、十両たりねえ」

弐平が顔をしかめた。

「これでいいのだ。まだ、あやしいというだけで、夷誅隊の者かどうか分からんではないか。後は、こちらで調べろ、というのでは、頼んだ仕事の半分ではないか」

そう言って、唐十郎は財布を懐にしまってしまった。

「まったく、旦那は吝《しわ》いんだから。苦労のしがいがねえなァ」

弐平はぼやいたが、それ以上出せとは言わなかった。自分でも、仕事が中途半端だと思ったのであろう。

4

「あれが、横瀬たちのいる家だ」

林が板塀をめぐらせた妾宅ふうの家を指差して言った。

唐十郎が弐平から話を聞いた四日後だった。唐十郎、弥次郎、林、江川、梅戸の五人が小伝馬上町に来ていた。

四日前、唐十郎から話を聞いた神崎は林に、その妾宅ふうの家に住むふたりの浪人が夷誅隊かどうか確かめるよう指示した。ただちに、林は中間の忠吉を連れて小伝馬上町に出向き、物陰に身を隠して横瀬ともうひとりの長身の男が出てくるのを待って、顔を確かめていた。

忠吉によると、大柄な体軀の横瀬は、まちがいなく長沼と大隅を斬った五人のなかにいたと明言したが、もうひとりの長身の男は初めて見る顔だという。

「ふたりを斬れ。横瀬が夷誅隊なら、もうひとりも仲間とみていいだろう」

すぐに、神崎は林に指示した。

そして、唐十郎にも討っ手にくわわるよう依頼がきたのである。当初は、新たに征伐組にくわわった佐山と小松崎も襲撃にくわわると言ったが、神崎の配慮で今回は遠慮してもらった。相手がふたりなのに七人もで襲ったら、夷誅隊の者たちに笑われ、かえって侮《あなど》られることになるからである。

暮れ六ツ（午後六時）を過ぎていた。横瀬たちがひそんでいる町家は、淡い夕闇につつまれていた。辺りは借家ふうの家や古い材木置き場などがあったが、人影はなく、ひっそりとしていた。

唐十郎たち五人は板塀に身を寄せて家の様子をうかがった。障子に明りが映じている。だれか人がいるようだが、話し声や物音は聞こえてこなかった。

「わたしが、様子を見てきましょう」

そう言い残して、弥次郎がその場を離れた。

弥次郎は枝折り戸を押して敷地内に入ると、足音を忍ばせて、明りの洩れている座敷のそばに近寄った。そして、板塀に身を寄せて聞き耳を立てているようだった。

いっときして、弥次郎がもどってきた。

「なかに、三人いるようですよ」

弥次郎が言った。

座敷で、三人の話し声がしたという。酒を飲んでいるらしく、それらしいやり取りや瀬戸物の触れ合うような音などが聞こえたという。

「三人でもかまわん。横瀬といっしょなら、夷誅隊にまちがいあるまい」

林が語気を強くして言った。

「いいだろう」

唐十郎も、三人の様子を見れば、すぐに夷誅隊かどうかはっきりするだろうと思った。夷誅隊でなければ、歯向かったり逃げようとしたりせず、まず、唐十郎たちが何者なのか質《ただ》すはずである。

その場で、唐十郎と弥次郎が家に踏み込み、庭先で林、江川、梅戸の三人が迎え撃つ手筈《てはず》を決めた。小久保と黒川を討ち取ったときと同じ襲撃法である。

唐十郎と弥次郎は林たち三人が庭先にまわったのを見てから、戸口の引き戸をあけた。そして、公儀の者だ！　と弥次郎が声を上げ、何人もで踏み込んだように思わせるために、障子をあけ放ったり、荒々しい足音を立てたりした。

すると、奥の座敷で、征伐組の奇襲だ！　庭へ出ろ！　という声が聞こえた。まちがいなく家のなかの三人は、夷誅隊の者らしい。それに、唐十郎たちの狙いどおり、三人は庭に飛び出す気のようだ。

「弥次郎、行くぞ」

唐十郎が先に奥の座敷にむかった。遅れじと弥次郎が後につづく。

奥の座敷に、湯飲みや貧乏徳利などが転がっていた。ここから三人は庭へ飛び出したらしい。

障子の先で男たちの足音と怒号が聞こえた。あけられた障子の間から、暮色のなかに入り乱れて立っている数人の人影が見える。

唐十郎と弥次郎は、縁先に飛び出した。

林、江川、梅戸の三人が、それぞれ庭に飛び出した浪人と対峙していた。

林は大柄な男と切っ先を向け合い、梅戸は長身の男に対して八相に構えていた。その四人から、すこし離れた庭の隅で、江川が中背の男と対峙していた。

唐十郎は中背の男の構えを一目見て、

──示現流だ！

と、気付いた。男が八相に似た蜻蛉の構えを取っていたからである。

──あやつ、できる。

唐十郎は中背の男が示現流の遣い手であることを察知した。それも、ただならぬ剣を遣うようだ。

唐十郎は、男の周辺に異様な殺気がただよっているのを感知した。男は剣の殺戮《さつりく》のなかを生きてきた者だけが持つ残酷さと陰湿さを身にまとっていたのだ。

唐十郎はまだ名を知らなかったが、高須洋造だった。高須は、この家を隠れ家としている横瀬に橋口からの言伝《ことづて》があって立ち寄ったのである。

「おれが、相手だ」

唐十郎が声を上げ、縁先から庭へ飛び出そうとした。

そのときだった。ふいに、高須が猿声のような甲高い気合を発し、蜻蛉の構えのまま一気に疾走した。

オオッ！　と気合を発し、江川が刀身を上げて切っ先を高須の左拳につけた。八相の構えを牽制《けんせい》しようとしたのである。

構わず、高須は江川に急迫した。まさに、迅雷の寄り身である。

その気魄と凄まじい寄り身に江川は圧倒され、わずかに腰が浮いて、剣尖が空へそれた。

キイエエッ！

静寂を切り裂く裂帛の気合とともに、高須が八相から真っ向へ斬り込んだ。走り寄りざまの一刀だが、凄まじい斬撃だった。

咄嗟に、江川は刀身を振り上げて高須の斬撃を受けた。江川も天然理心流の手練だったのである。

甲高い金属音がひびき、青火が散った。

次の瞬間、江川の腰が沈み、体勢が大きくくずれてよろめいた。高須の剛剣に押され、腰がくだけたのである。

キエッ！

間髪をいれず、高須が二の太刀をふるった。ふたたび、蜻蛉の構えから真っ向へ。連続して斬り込んだ迅速な一撃である。

高須の切っ先が江川の頭頂をとらえた。

にぶい骨音がひびき、江川の頭が割れ、血と脳漿が飛び散った。一瞬、江川はその場に棒立ちになった。頭部が割れた西瓜《すいか》のように血まみれになり、瞠《みひら》いた両眼が白く浮き上がったように見えた。

江川は呻き声も悲鳴も上げず、腰からくずれるように転倒した。即死である。

――なんとも凄まじい剣だ！

唐十郎は身震いした。

5

唐十郎は、高須の前に走り寄った。

江川が斬られたのを見て、これまで頭を割られて死んでいた者は、この男の剣に斃《たお》されたのだと気付いた。

唐十郎は高須と四間ほどの間合を取って対峙した。

「何者だ！」

唐十郎が誰何《すいか》した。

「鬼の洋造」

高須が口元にうす笑いを浮かべて言った。

細い双眸が炯々《けいけい》とひかり、うすい唇が血を含んだような赤みを帯びていた。顔の表情は残忍さのなかに妙に生き生きとしたものを含んでいた。人を斬った昂《たかぶ》りにくわえ、嗜虐《しぎゃく》の癖《へき》があるのかもしれない。

「うぬは、おれが斬る！」

唐十郎は祐広の柄に右手を添え、居合腰に沈めた。

「居合か。すると、うぬか、狩谷は」

高須が訊いた。

「いかにも」

「おもしろい」

「小宮山流居合、鬼哭の剣、受けてみよ」

唐十郎は鬼哭の剣を遣うつもりだった。

「示現流の一刀、受けられるか」

言いざま、高須は刀身を振り上げて蜻蛉の構えを取った。身辺に猛々《たけだけ》しい闘気がみなぎっている。それが、異様な威圧を生んでいた。

唐十郎は左手で鯉口を切り、鬼哭の剣の抜きつける機をうかがった。

鬼哭の剣は遠間から仕掛け、前に跳躍しざま抜き付け、敵の首筋をねらって逆袈裟に斬り上げる。そのさい、切っ先で撥《は》ねるように敵の首筋の血管《ちくだ》を斬るため、血の噴出音がヒュー、ヒューと鳴り響く。その音が、鬼哭のように物悲しく聞こえることから鬼哭の剣の名がついたのだ。

唐十郎は気を鎮めて、敵との間合を読んだ。鬼哭の剣の神髄《しんずい》は、抜刀の迅さもさることながら、敵との正確な間積もりと敵が斬り込んできたときの太刀筋の読みにあった。わずかな間積もりの誤差で、首筋の血管を斬ることはできなくなるし、敵の正面から抜きつけるため、太刀筋の読みをまちがうと敵刃をまともに受けることになるのだ。

キイエッ！

ふいに、高須が猿声のような気合を発し、疾走してきた。

迅い！

見る間に、高須が鬼哭の剣の抜き付けの間に迫る。

——いまだ！

瞬間、唐十郎の体が前に跳躍した。

シャッ、と刀身の鞘走る音がし、唐十郎の腰元から閃光がはしった。

切っ先が稲妻のように、高須の首筋を襲う。間髪《かんはつ》をいれず、高須の切っ先も蜻蛉の構えから唐十郎の頭頂へ伸びた。

飛鳥のような一颯《いっさつ》と巌《いわお》も斬り割る剛剣が、虚空で交差した瞬間、唐十郎の切っ先は高須の頬を裂き、高須のそれは唐十郎の肩先を斬り裂いていた。

次の瞬間、ふたりの体が擦れ違い、大きく間を取って反転した。

——斬り損じたか！

唐十郎の鬼哭の剣は首筋をそれ、高須の頬を浅く斬っただけである。高須の神速の斬撃をかわすべく空中で体を大きくひねったため、太刀筋がそれたのである。

一方、高須の斬撃も唐十郎の肩先を浅く裂いただけである。唐十郎が体をひねったため、切っ先が頭をとらえられなかったのだ。

「互角か」

高須がくぐもった声で言った。

頬から、タラタラと血が流れ落ちている。

高須の口元にうす笑いが浮いていた。唐十郎を見すえた双眸に、切っ先のようなするどいひかりがある。

高須はふたたび蜻蛉に構えた。

唐十郎は刀身を背後に引き、脇構えにとった。すでに抜刀していたので、脇構えから抜き打ちの呼吸で斬り込むのである。

「若先生！」

ふいに、弥次郎が声を上げ、高須の左手から疾走してきた。

右手を刀の柄に添え、左手で鍔元をつかんでいる。

小宮山流居合、虎足。

弥次郎は、虎足の寄り身で高須の脇へ一気に迫ってくる。唐十郎があやういと見て、助太刀にはいるつもりらしい。

「邪魔だてするか！」

高須は顔をしかめ、すばやく後じさりした。

「狩谷、勝負はあずけた」

叫びざま、高須は反転して走りだした。

唐十郎は追おうとして走りかけたが、すぐに足をとめた。高須の逃げ足が速く、追いつけそうもないと思ったからである。

高須は庭から戸口へむかい、枝折り戸から路地へ走りだした。その後ろ姿が濃い暮色のなかに消えていく。

「若先生、怪我を」

弥次郎が唐十郎の肩先に目をむけて言った。

「大事ない。かすり傷だ」

肩先の傷は浅手だった。わずかに皮肉を裂かれただけで、痛みもほとんどない。

唐十郎は庭に目をやった。すでに、戦いは終わっていた。林と梅戸が抜き身をひっ提《さ》げたままつっ立っていた。その足元にふたつの死体が横たわっている。横瀬ともうひとりの長身の男を仕留めたらしい。

後に分かったことだが、長身の男は夷誅隊に新たにくわわった前園繁之助《まえぞのしげのすけ》という長州藩士だった。

「ひとり逃がしたな」

唐十郎の胸には、仕留められなかった無念さがあった。

「あやつ、何者だ。江川を一太刀で斃したではないか」

林が訊いた。

「示現流を遣う。鬼の洋造と名乗っていた」

「やつか、鬼の洋造は」

林が怖気《おぞけ》をふるうように顔をゆがめて言った。

林によると、姓は分からないが、夷誅隊のひとりで鬼の洋造と呼ばれて恐れられている男だという。

「あやつは、おれが斬る」

唐十郎は、鬼の洋造といずれ決着をつけねばならないと思った。

「このままでは、夷狄を追い払う前に、われらがあの世に追いやられるぞ」

稲村が立ち上がって、声を上げた。

「そう熱くなるな。われらの敵は、征伐組ではないぞ。わが国を侵略せんとする蛮夷《ばんい》どもであり、その蛮夷の言いなりになっている幕府だ」

岡野が声を強くして言った。

6

深川《ふかがわ》、佐賀《さが》町の船宿、木島屋《きじまや》の二階座敷に、十人の武士が集まっていた。夷誅隊の岡野、橋口、高須、富永、稲村、笹山、助造、それに新たに隊にくわわった長州浪人、西脇万助《にしわきまんすけ》、土佐脱藩浪人、御倉市之助《みくらいちのすけ》、薩摩脱藩浪人、和田平次郎《わだへいじろう》の三人である。

このところ夷誅隊は密会の河岸《かし》を柳橋から深川に変えていた。柳橋は町方や征伐組の目がひかっていると察知したからである。

岡野たちは深川の料理屋や船宿に集まって密談することが多くなったが、なかでも頻繁《ひんぱん》に利用するようになったのが木島屋だった。それというのも、木島屋の主人の仙《せん》右衛門《えもん》が変わり者で若いころ神道無念流の道場へ通い、岡野と同門だったためである。

仙右衛門は岡野に何かと便宜《べんぎ》をはかり、この日も他の客は断り、岡野たちのために二階座敷を貸し切りにしてくれたのである。

「ですが、隊長、このままでは、夷誅隊は目的を達する前に征伐組のために皆殺しになります」

稲村がむきになって言った。

稲村は、高須から横瀬と前園が征伐組に奇襲されて斬殺されたことを聞いて熱くなったらしい。

「われらが征伐組とやりあって利するのは、夷狄と幕府だけだ。……それに、長く江戸にとどまるつもりはない。われらの次の舞台は京だ」

岡野が声を上げた。

「それで、京へはいつごろ」

富永が訊いた。

「半月ほど後だ」

「半月！」

稲村が声をつまらせて言った。上洛が、それほどすぐとは思わなかったのだ。一同の顔にも驚きの色が浮き、身を乗り出すようにして岡野に視線を集めている。

「そうだ。いま、江戸へ長くとどまる必要はないのだ。京には攘夷を叫ぶ同志が大勢集まっている。そうした同志を集めて新たに夷誅隊を組織し、御所より勅諚をたまわって、ふたたび東下して夷狄どもを放逐《ほうちく》するのだ。われらは、攘夷決行の尖兵である」

岡野の弁舌は熱気を放ち、強い信念と確信にあふれ、聞く者をその気にさせる巧みさがあった。

「ただし、まだ、足りないものがある」

さらに、岡野がつづけた。

「軍資金である。これまで集めた金で、われらが上洛して滞在することはできるが、新たに大勢の隊士をつのり、東下するだけの資金にはたりない。それに、武器弾薬もそろえねばならぬ。そこで、ここ半月ほどの間は、軍資金の調達に全力を尽くすつもりだ」

そこまでしゃべると、岡野は橋口に目をむけ、計画を話してくれ、と小声で言った。

つづいて、橋口が口をひらいた。

「まず、行徳《ぎょうとく》河岸の廻船問屋、渋沢屋《しぶさわや》だ。陸奥《むつ》、駿河《するが》などの大名の船荷の廻漕を一手に引き受け、莫大な利益を得ているはずだ。まず、二、三千両はかたいだろう」

「奉公人は、どれほどいます」

稲村が訊いた。

「通いは別にして、店に住み込んでいるのは、七、八人とみている。それに、家族が四人いる。あるじの庄左衛門《しょうざえもん》夫婦と子供がふたりだ」

「大店にしては、すくないな」

「いや、他にもいる。店舗の裏に船頭と荷揚げ人足の住む長屋があり、五、六人住んでるはずだ」

橋口が、長屋にはふたりまわり、戸口をかためれば、騒がれることはない、と言い添えた。

「それで、押し入るのは、いつです」

黙って聞いていた笹山が、声をはさんだ。

「明後日、子《ね》ノ刻（午前零時）」

橋口が有無を言わせぬ強いひびきのある声で言った。

それから、一刻（二時間）ほどして、助造は笹山とふたりで木島屋を出た。小網町にあるふたりの塒に帰るつもりだった。

助造は木島屋で同志たちに酒をつがれてかなり飲んだが、どうしたことかあまり酔わず、気分だけが悪くなった。胸がムカムカし頭が鉛でも詰め込まれたように重く、にぶい痛みがある。

なぜ、そうなったか、助造には分かっていた。自分も夷誅隊のひとりとして、渋沢屋に押し込むことになったからである。

――どんな大義名分があろうと、押し込み強盗ではないか。

との思いが、助造に重くのしかかっていたのだ。

助造は男として、盗みや騙《かた》り、女を食い物にするような卑劣《ひれつ》な犯罪だけはしたくないと常日頃思っていた。それが、いつの間にか、夜盗のひとりとして商家へ押し込むことになってしまったのだ。

大川の川面を渡ってきた風には、火照《ほて》った肌を刺すような冷気があったが、寒いとは思わなかった。むしろ、極寒の大気に肌を切り裂かれたいような気さえした。

「どうした、箕田、具合でも悪いのか」

夜道を歩きながら、笹山が訊いた。

木島屋を出てからずっと、助造が黙り込んでいたので気にしたようだ。

ちかごろ、笹山は助造を呼び捨てにするようになっていた。寝食を共にするうち、親しくなったせいもあるが、同志としての仲間意識がそう呼ばせるようになったのだろう。

「いや……。なァ、笹山、どうしても、渋沢屋へ押し入らねばならんのか」

助造は、右手に流れる大川の先に目をやって訊いた。

月光を映じた川面が淡い銀色にひかり、無数の起伏を刻みながら江戸湊《みなと》の黒い海原にむかって流れている。

その川面の先には日本橋の町並があるが、いまは深い夜の帳《とばり》につつまれ、かすかな灯《ひ》の色が見えるだけである。対岸には行徳河岸があり、夜陰のどこかに渋沢屋もあるはずだった。

「しかたがない、大義のためだ。多少の犠牲は、目をつぶらねばならぬ」

笹山が夜陰を睨みながら言った。

「うむ……」

笹山の謂《いい》も、分からないでもない。だが、助造の胸のうちでは、どんなことがあっても、盗人はだめだ、と強く叫ぶ自分がいる。

「箕田、われらは攘夷の尖兵となり、この国を夷狄の魔手から守るのだ。そのための御用金ではないか。私欲のためではないぞ」

そう言って、笹山がうなだれたまま歩いている助造の肩をたたいた。

7

子ノ刻ごろ。大川にかかる新大橋のたもとに、九人の人影があった。隊長の岡野を除いた夷誅隊の面々である。

助造の姿もあった。九人の男は、黒い頭巾をかぶって顔を隠している。いずれも闇に溶ける黒っぽい装束で身をつつみ二刀を帯びていた。助造と笹山など数人は袴の股《もも》立を取り、襷《たすき》で両袖を絞っていたが、新しく仲間にくわわった西脇、御倉、和田の三人は、たっつけ袴姿だった。

月夜だが、風があった。強い風が大川の川面を吹き抜け、川面を波立たせて汀《みぎわ》に打ちつけている。大川端の通りに、他の人影はまったくなかった。風と波音だけが、夜陰のなかにひびいている。

「行くぞ」

橋口が声を上げた。

九人は大川端を行徳河岸にむかって疾走した。新大橋から行徳河岸まではすぐである。いっとき走ると、右手の先に廻船問屋や米問屋などの大店の店舗や倉庫の並ぶ行徳河岸が見えてきた。

「あれだ」

走りながら、橋口が指差した。

前方の夜陰のなかに、土蔵造りの二階建ての店舗が見えた。黒くどっしりと夜陰を圧するように建っている。渋沢屋である。店舗の裏手には、土蔵や船荷をしまっておく倉庫なども見えた。

九人は、店舗の軒下闇のなかに身を寄せた。表通りに面した大戸はしまっており、どこにも入口はなさそうだった。

「富永、やれ」

橋口が声をかけた。

すぐに、富永が手にした鉈《なた》で、隅の大戸をぶち破った。三度、板を砕く大きな音がして手が入るだけの穴があくと、富永が手を入れた。心張り棒か閂《かんぬき》をはずしたようである。

引き戸が一枚だけあけられた。そこから、男たちが吸い込まれるように店内に消えると、大戸がとじられた。

店内は漆黒《しっこく》の闇だった。店内は深い静寂につつまれ、人声も物音も聞こえてこない。住人は寝静まっているようだ。

「火を点けてくれ」

橋口が小声で言うと、すぐに稲村と西脇が、用意した龕灯《がんどう》に種火で点けた。

二筋のひかりが店内を照らし出し、土間の先の帳場や右手の奥へつづく廊下などを浮かび上がらせた。店内の土間はひろく、隅には船荷の一部らしい木箱や叺《かます》などが積んであった。

「ふたり、裏手の長屋へまわれ」

橋口の指示で、龕灯を手にした西脇と富永が帳場の脇の廊下から奥へむかった。ふたりは、長屋に住む船頭と荷揚げ人足を長屋内に閉じ込めておく役である。

廊下の突き当たりが台所になっていて、裏口から外へ出たところが長屋の前だという。すでに、橋口たちが渋沢屋に出入りしている船頭に金をつかませ、それとなく店の間取りを訊いていたのだ。

「かかれ！」

橋口が声を殺して命じた。

助造と笹山は、手燭《てしょく》を持って帳場の奥へむかった。奉公人部屋にいる手代と丁稚を縛《しば》り上げ、猿轡《さるぐつわ》をかませるのである。手代が三人、丁稚が三人とのことだった。抵抗したり、騒いだりしたら、その場で斬殺することになっていたが、助造は何とか殺さずにすませたかった。

手前が丁稚部屋だった。障子越しに、鼾《いびき》と夜具がずれるような音が聞こえた。起きている気配はない。

障子をあけると、手燭の明りに寝入っている三人の寝姿が浮かび上がった。まだ、十五、六歳の少年らしい。三人とも寝相が悪く、夜具にもぐりこんだり、掻巻《かいまき》を抱いたりして熟睡している。

助造と笹山はひとりずつ縛り上げ、猿轡をかませた。抵抗するどころか、声を上げる者もいなかった。盗賊と気付くと、三人とも瘧《おこり》慄《ぶる》いのように激しく顫え出し、後ろへ手をまわして縛るのに苦労しただけである。

つづいて、手代部屋の三人も斬り殺さずに縛り上げることができた。年嵩《としかさ》の大柄な手代がひとり、手代部屋から逃げ出そうとしたため、咄嗟に助造が抜刀して喉元に切っ先を突き付けると、腰を抜かしたようにその場にへたり込んでしまった。後は、助造たちのなすがままになった。

助造と笹山は帳場へもどった。ふたりの役まわりは済んだのである。

帳場には、高須と和田がもどっていた。高須が、五十がらみの男の喉元に切っ先を突き付けている。男は寝間着姿で、歯の根も合わぬほど激しく体を顫わせていた。番頭らしい。当初から、番頭とあるじを帳場に引き出し、店の有り金を運び出させる手筈になっていたのだ。

「番頭の源蔵《げんぞう》だ。もうひとり、二番番頭がいたのだがな、面倒なので斬った」

高須がこともなげに言った。口元にうす笑いを浮かべている。

そのとき、二階で障子を荒々しくあける音がし、絹を裂くような女の細い悲鳴が聞こえた。つづいて、バタバタと階段を駆け下りる音がした。

見ると、帳場の奥の右手にある階段から、だれか下りてくる。暗がりではっきりしないが、子供のようだ。二階に寝起きしている庄左衛門の子であろうか。

と、二階で、

「松吉《まつきち》！　待っておくれ！」

と呼ぶ、女の悲鳴のような声が聞こえた。

階段から帳場に姿を見せたのは、七、八歳と思われる男児だった。松吉という名らしい。

助造たちの手にした手燭の明りに、色白で痩せた子が浮かび上がった。寝間着が乱れて胸がはだけ、両足が腿《もも》のあたりからあらわになっている。

松吉の頬のあたりに赤い血の色があった。顔がひき攣《つ》り、喉のかすれたような泣き声を洩らしている。

「おい、その餓鬼《がき》を押さえろ」

松吉の後を追って、階段の途中まで下りて来た橋口が言った。橋口と御倉とで、二階に寝ている庄左衛門の家族を縛りにいったのだが、松吉がひとり逃げだしたらしい。

突然、松吉が、ワアアアッ！　と、甲高《かんだか》い叫び声を上げて、走りだした。帳場に立っている高須や助造たちの姿を見て、恐怖に襲われたらしい。

「うるさい餓鬼だ」

言いざま、高須が松吉の前に立ちふさがった。

次の瞬間、燭台の灯を映した薄赤い閃光がはしった。

にぶい骨音がし、松吉の首が飛んで帳場の床にころがった。一瞬、立ったまま、松吉の首根から血が夜陰のなかに黒い驟雨《しゅうう》のように噴出した。

首のない松吉の体は血飛沫を撒《ま》き散らしながら、夜陰のなかに沈み込むように倒れた。

帳場の床板に倒れた胴体は、ビクビクと細い肢体を震わし、首根から血飛沫を噴き出した。その血が、赭黒《あかぐろ》い花びらを撒き散らすように床を染めていく。

助造は、凍りついたようにその場につっ立った。いきなり、心ノ臓を握られたような強い衝撃だった。あまりの凄惨《せいさん》さに、松吉の首のない死体から目をそらした。

そのとき、甲高い女の悲鳴がひびき、転げ落ちるような勢いで、女が階段を駆け下りてきた。松吉の母親らしい。髪や寝間着が乱れ、肌をあらわにしたまま飛び付くような勢いで、首のない松吉の死体に抱きついた。

松吉ィ！　松吉ィ！

母親が喉を引き裂くような声を上げた。

「うるさい！」

高須が、つかつかと母親の脇へ近寄った。

そして、いきなり刀を振り上げると、母親の背中から突き刺した。

母親は、グッと喉のつまったような呻き声を上げて身をそらせたが、すぐに松吉の体の上におおいかぶさった。

高須が刀身を引き抜くと、母親の背中から血が迸《ほとばし》り出た。心ノ臓を突き刺したらしい。

「母子《おやこ》いっしょに、あの世へ行くといい」

高須が口元に嘲笑を浮かべて言った。

助造は高須の嘲笑を見て、

——この男は夷狄よりひどい悪鬼だ！

と、思った。

何が、国士だ、なにが攘夷だ、罪もない女子供を虐殺し、うす笑いをうかべている悪鬼こそ、真っ先に成敗されるべきではないか。

目の前が真っ暗になり、体が激しく顫えだした。助造は、高須の残酷な悪行を見ている橋口や笹山も、そして、仲間としてこの場にいる自分も、同じ悪鬼ではないかと思った。

8

狩谷道場のなかは森閑《しんかん》としていた。しばらく掃除をしなかったせいで、埃《ほこり》っぽく床板がうっすらと白くなっている。

助造はひとり、稽古着姿で真剣を抜いていた。小宮山流居合の初伝八勢の真向両断から、右身抜打、左身抜打、追切、霞切……と順に抜き、さらに中伝十勢へと進む。そして、いま学んでいる奥伝三勢まで進むと、また初伝八勢から順に抜き始める。

助造は抜刀するごとに、己の体内に充満している汚物を吐き出そうとでもするかのように、するどい気合を発し、一太刀一太刀に気魄と渾身の力を込めていた。すでに、全身は汗まみれである。

助造が橋口たちと行徳河岸の渋沢屋に押し入ってから十日ほど経っていた。

押し入った夜、橋口たちは渋沢屋の妻子と二番番頭を斬殺し、千八百両の大枚を奪った。さらに、五日後には日本橋伊勢《いせ》町の両替商、喜多屋《きたや》に押し入り、奉公人をふたり斬り殺し、千三百両を奪った。

ただ、助造は喜多屋の押し込みにはくわわらなかった。その前に、小網町の塒《ねぐら》を抜け出し、だれもいない狩谷道場の着替えの間にもぐり込んで身を隠していたのである。

助造は狩谷道場に身を隠すようになってから、ときおり道場へ出て居合の稽古をするようになった。小宮山流居合の稽古に没頭することで、悪行に染まった己の体をすこしでも洗い清めようと思ったのである。

助造が稽古を始めて、一刻の余が過ぎていた。いつの間にか、道場の連子窓《れんじまど》から射し込んでいた夕陽が消え、夕闇が忍び寄っている。

ふと、背後で人の気配がした。

助造が刀を納めてふり返ると、戸口ちかくに唐十郎が立っていた。

「お師匠!」

思わず、助造が声を上げた。

「助造、久し振りだな。近くを通りかかったら、気合が聞こえたので寄ってみたのだ」

唐十郎が、やわらかな微笑を浮かべて近寄ってきた。

「お師匠、おれは……」

そこまで言いかけて、助造の声がつまった。ふいに、胸から熱いものが衝《つ》き上げてきたのだ。

「何かあったようだな」

唐十郎がおだやかな声で訊いた。

「おれは、笹山にさそわれ、夷誅隊に……」

助造は道場の床に端座すると、声をつまらせ、込み上げてくる嗚咽《おえつ》をこらえながらこれまでの経緯《けいい》をかいつまんで話した。そして、必死の形相《ぎょうそう》で唐十郎を見上げ、

「お師匠、おれを成敗してください。お師匠に首を斬られるなら本望です」

と、涙ながらに訴えた。

「分かった。おまえの首は、おれが打とう」

そう言うと、唐十郎は助造の脇へ立ち、祐広の柄に手を添えて、

「首を前に出せ」

と、小声で言った。

「は、はい」

助造が端座したまま首を前に突き出した。

刹那、刀身の鞘走る音とともに唐十郎の腰元から閃光がはしった。

ヒイッ、と助造が短い悲鳴を上げたとき、祐広の切っ先が助造の首筋で、ピタリと

とまっていた。唐十郎が手の内を絞ってとめたのである。

「夷誅隊だったおまえの首は、落とした」

「……！」

助造が蒼ざめ顔で唐十郎を振り返った。

「いまついている首は、狩谷道場門弟の助造の首だ」

唐十郎は、夷誅隊の助造は死んだ、と言い添えた。

「ゆ、許していただけるのですか」

「許すも、許さぬもない。夷誅隊にいた助造は死んだのだからな」

「あ、ありがとうございます」

助造は絞り出すような声で言い、両手を床について叩頭《こうとう》した。

「頭など下げなくていい。それより、門弟の助造なら夷誅隊のことで探り出したことがあるだろう」

唐十郎は、助造の知っていることをしゃべらせようとした。それが、夷誅隊からの脱隊を確かなものにし、これまでの罪の償《つぐな》いにもなると思ったのだ。

「はい、一味は二、三日後に、江戸を発《た》って京へむかうはずです」

助造が言った。

「なに、京へ」

「はい、渋沢屋と喜多屋に押し入ったのは、京へむかう軍資金を用意するためです」

夷誅隊は上洛し、朝廷から攘夷のための勅諚を得るつもりでいること、そして、京へ集結している西南雄藩の脱藩浪士をつのって大規模な夷誅隊を編成した上でふたたび東下し、攘夷の旗を上げる計画を持っていることなどを話した。

「なるほど、そういうことか」

助造の話で夷誅隊の目的と今後の計画が分かった。

「それで、夷誅隊の人数は」

唐十郎が訊いた。

「十日ほど前には、九人でしたが、その後、くわわった者がいるかもしれません」

笹山は、いよいよ上洛となれば、新たにくわわる者が二、三人いると話していたのだ。

「隊長は?」

「岡野万次郎です。隊内では、仏の万次郎と呼ばれています」

助造は、その他、副隊長の橋口、稲村、富永、笹山などの隊士のことも話した。

「やはり、笹山は夷誅隊にくわわっていたのか」

唐十郎は驚かなかった。助造といっしょに姿をくらましたときから、夷誅隊ではないかとの思いがあったからだ。

「は、はい」

助造は両肩を落とした。

「ところで、夷誅隊には示現流の遣い手がいるな。鬼の洋造だ」

唐十郎が声をあらためて訊いた。

「高須洋造です。高須は、平気で女子供も殺す悪鬼のような男です」

助造が怖気をふるうように身を震わせた。

「悪鬼か」

「は、はい」

「やつらが上洛する前に、始末せねばならんな」

ここで手を引くわけにはいかなかった。山科家から征伐組の助勢をする約束で金を得ていたこともあったが、それよりも唐十郎にはひとりの剣客として高須と決着をつけたい気があった。それに、咲との約束もある。おそらく、咲は幕府の命を受けて夷誅隊の殲滅のために京へむかうであろう。

「お師匠、おれにも手伝わせてください。せめてもの罪滅ぼしに、夷誅隊と戦いたいのです」

　助造が声を大きくして言った。

「いや、それはできぬ」

　助造が仲間だった夷誅隊に刃をむければ、夷誅隊の者たちは裏切り者として総力を上げて始末しようとするだろう。それに、唐十郎には助造を江戸におきたいわけがあった。

「助造には、他にやってもらわねばならぬことがあるのだ」

　唐十郎が助造を見すえて言った。

「何ですか」

「おまえに、この道場を守ってもらいたい」

「この道場を」

「そうだ、おまえには、小宮山流居合の精妙《せいみよう》を会得《えとく》してもらいたいのだ」

　唐十郎は口にしなかったが、いずれ助造に狩谷道場を継がせることになるだろうと思っていた。

「……！」

　助造は瞠目《どうもく》して唐十郎を見つめている。

「助造、おれが野晒と呼ばれていることを知っているな」

「は、はい」

「いずれ、どこかの荒れ野に屍《しかばね》を晒《さら》すことになる、ということだ」

「そのようなことは、ありません」

助造が首を横に振りながら言った。

「おれのような生き方をしていれば、いずれそうなる。そのときはな、助造がこの道場を守っていくのだ」

「…………」

助造は唐十郎を見つめたまま口をつぐんでいる。

「助造、強くなれ。いまだぞ、小宮山流居合に専心するときは」

そう言い置くと、唐十郎は踵《きびす》を返した。

助造は両手を床について低頭すると、顔を上げ、去っていく唐十郎の背を凝《じっ》と見つめている。唐十郎の姿が道場から消えても、助造はその姿勢をくずさなかった。

第五章　激闘

1

「弐平、ここでいいぞ」

唐十郎は日本橋のたもとで足をとめた。

日本橋は江戸でも有数の繁華街だけあって賑やかだった。様々な身分の老若男女が橋を行き交っている。

この日、唐十郎は弥次郎とともに夷誅隊を追って東海道を京方面へむかうため、日本橋まで来ていた。どこまで行くか、唐十郎にも分からなかった。街道の途中で、夷誅隊を殲滅できれば、京まで行く必要はないのである。

昨夜、唐十郎は亀屋に立ち寄り、弐平に、明日、江戸を発ち、京へむかうことになった、とだけ話した。それだけで、弐平は唐十郎が夷誅隊を追って京へ行くつもりであることを察知したようだ。

「明日の朝、寅次と見送りに行きやす」

弐平は、神妙な顔をして言った。

そして、今朝早く、寅次を連れて狩谷道場に姿をあらわし、唐十郎と弥次郎についいて日本橋まで見送りに来たのである。

弐平と寅次が、橋のたもとの人通りを避けて路傍により、

「旦那方、早く帰《けえ》ってきてくだせえよ」

弐平が貉《むじな》のように顔をゆがめて言った。

「いつになるか分からぬな。二度と、江戸の地は踏めぬかもしれんぞ」

唐十郎は笑いながら言ったが、胸の内には、京からもどれないかもしれないとの思いはあった。それだけ夷誅隊は強敵だったし、京洛には唐十郎たちに敵対するであろう多くの浪士や剣客がいるだろう。

唐十郎の胸の内には、京洛で己の剣を試してみたいという気持ちもあったのである。

「そんなこと言わねえでくだせえ。旦那方がいねえと、寂しくっていけねえ」

弐平がしんみりした口調で言った。

脇に立っている寅次までが、涙ぐんでいる。

「冗談だ。四、五日したら帰ってくる」

唐十郎はそう言い残し、弥次郎とともに人混みのなかを歩きだした。

日本橋通りを一町ほど歩き、振り返ると、橋の上に立ったまま見送っている弐平と

寅次の姿がちいさく見えた。

――日本橋も、見納めかもしれぬ。

唐十郎は胸の内でつぶやいた。

唐十郎と弥次郎は、日本橋通りを京橋《きょうばし》にむかって歩いた。ふたりは野袴に打裂羽織《ぶっさきばおり》を身につけ、草鞋《わらじ》履きだった。笠や合羽《かっぱ》までは用意してこなかったが、念のため旅にそなえてきたのである。

京橋を渡り終えたとき、橋のたもとに佇《たたず》んでいた巡礼姿の娘が唐十郎に近寄ってきた。咲である。

咲は白の笈摺《おいずり》に笈を背負い、白の手甲脚絆《きゃはん》姿だった。顔は菅笠をかぶって隠している。どこから見ても、伊賀者には見えない。

「唐十郎さま」

咲は歩きながら唐十郎に身を寄せ、小声で言った。

「昨夜、夷誅隊と思われる一行が品川宿に集まり、今朝出立したようでございます」

「何人だ」

唐十郎が訊いた。

「十人でございます」

どうやら、京へむかう夷誅隊の者たちは、品川宿に集合してから出立したらしい。

三日前、唐十郎は助造から話を聞いた後、すぐに緑町の空屋敷にもどり、ことの次第を咲と弥次郎に話したのだ。

すると、咲はただちに伊賀者に命じ、東海道筋を見張らせた。そして、昨日、配下の江島が、夷誅隊らしき浪人が五人、東海道を西にむかったと連絡してきたのだ。

「うち、ひとりは高須洋造にまちがいありません」

江島が言い添えた。江島によると、高須が夷誅隊に入る前から不逞《ふてい》な浪人として目をつけており、顔だけは知っていたという。

それを聞いて、唐十郎はすぐに征伐組の新たな駐在地となった本郷の石島家へ出向き、神崎に報《し》らせた。

「京へはやらぬ」

神崎は語気を強めて言うと、すぐに林を呼び、みずから征伐組を率いて夷誅隊を追うことを伝えた。そして、今日の払暁《ふつぎよう》、征伐組も京へむかって江戸を発つことになったのである。

征伐組は、唐十郎と弥次郎を除いて七人ということだった。神崎、林、梅戸、小松崎、佐山、それに石島家の家士で、槍術の達者な元木《もとき》と宇田川《うだがわ》という男がくわわるとのことだった。

唐十郎と弥次郎は、神崎たちとは別行動をとることにした。それというのも、唐十郎は咲と連絡を取り合う必要があったし、征伐組のひとりとして行動を束縛されることを嫌ったのである。

「それで、神崎どのたちは」

唐十郎が咲に訊いた。

「半刻（一時間）ほど前に京橋を渡られ、街道を南にむかいました」

「今夜の宿は、保土ヶ谷《ほどがや》の増川屋《ますかわや》ということになっている。夷誅隊の居所が知れたら、連絡してくれ」

唐十郎は神崎と会ったとき、一日目の宿を保土ヶ谷宿の増川屋と決め、そこで会ってから、その後の策を相談しようということになっていたのだ。

日本橋から保土ヶ谷まで八里の余、一日目の旅程としてはちょうどよい距離である。

「承知しました」

咲はそう言い残し、足早に唐十郎のそばから離れていった。

唐十郎と弥次郎は品川宿の茶店で一休みし、茶と饅頭で腹ごしらえをしてから、次の宿場である川崎《かわさき》へむかった。

穏やかな晴天だった。街道は江戸湊の砂浜沿いにのび、左手には青い海原がひろがっていた。空と海が青一色である。帆《ほ》を張った大型の廻船が、品川沖を航行していく。白い帆が青一色の空と海を切っ先で裂いていくように見えた。

「若先生、いい陽気ですね」

弥次郎が海原に目をやりながら言った。

陽射しは心地よかったし、潮風には春のやわらかさがあった。

「遊山《ゆさん》の旅ならいいのだがな」

この先、夷誅隊との命懸けの戦いになるはずである。なかでも、唐十郎は高須との立ち合いが、生死を分けた勝負になるだろうと踏んでいた。

「この時世ですから、安穏《あんのん》と遊山の旅を楽しむような者はおりませんよ」

弥次郎が笑みを浮かべて言ったが、表情はかたかった。弥次郎は唐十郎とちがって、妻子を江戸においてきたのである。

「弥次郎」

唐十郎が声をかけた。

「死ぬなよ。おれとちがって、おまえは死ねない身だからな」

「若先生もそうですよ」

そう言って、弥次郎はちいさくうなずいた。

2

唐十郎と弥次郎が神奈川《かながわ》宿へ入っていっとき歩くと、茶店で休んでいる巡礼姿の咲が目にとまった。咲は唐十郎たちの目につくように、街道沿いの床几に腰を落としていたのである。

唐十郎たちは咲の後ろの床几に腰を下ろし、注文を訊きにきた親爺に茶を頼んだ。

「唐十郎さま」

咲は後ろを振り返らずに言った。

「十人は、戸塚《とつか》に宿をとったようでございます」

夷誅隊という名を出さずに、十人と言ったのは、他人の耳を気にしたからであろう。

「戸塚か。いずれにしろ、明日の宿は小田原《おだわら》だな」

明日中に箱根《はこね》の山を越えるのは無理である。箱根越えは明後日にして、明日は小田原に草鞋を脱ぐであろう。

「十人は、いずれも徒《かち》か」

「いえ、岡野だけは馬を使っております」

咲によると、岡野は騎馬で、他の九人は徒だという。

「軍資金は」

唐十郎は、岡野たちが三千両ちかい金を運んでいるだろうと踏んでいた。それだけの金を、隊士が懐に入れているとは思えなかった。

「一行は、駄馬を一頭引いております」

咲によると、馬の背には行李《こうり》がふたつくくりつけてあるそうだ。岡野の衣類を入れているように装っているが、京へ運ぶ軍資金は、そのなかに隠してあるのではないかという。

「その馬に目をくばれば、いいわけだな」

荷駄のあるところに、夷誅隊もいるということだろう。

咲は黙ってうなずき、

「いずれ、また」

と、小声で言い残して腰を上げた。

すぐに、咲の姿は宿場の先に遠ざかっていった。

唐十郎と弥次郎は、ゆっくりと茶を飲んでからその場を離れた。

すでに陽は西の空に沈み始めていた。旅人たちの足も、心なしせわしそうである。

神奈川から保土ヶ谷まで一里九丁。唐十郎たちは、暮れ六ツ（午後六時）ごろに保土ヶ谷宿に着いた。

増川屋はすぐに分かった。保土ヶ谷宿では、一、二を争う大きな旅籠《はたご》であった。唐十郎たちは足をすすぎ、女中に案内された座敷で一息ついていると、障子があいて林が顔をだした。

「狩谷どの、本間どの、われらの座敷に酒の用意がしてござる」

そう言って、林は唐十郎たちを二階の隅の座敷に案内した。

神崎や梅戸など、六人の男が顔をそろえていた。男たちの前には酒肴の膳が並べられている。すでに、飲み交わしたと見え、顔の赤らんでいる者もいた。

「さ、これへ」

神崎が脇に敷いてある座布団に唐十郎と弥次郎を座らせた。

ふたりが腰を下ろすとすぐに、女中がふたりの膳を運んできて、唐十郎たちの膝先に並べた。おそらく、林が唐十郎たちを迎えにくる前に、女中に膳を運ぶよう指示したのであろう。

「まず、今日の疲れを癒《いや》してくだされ」

神崎が銚子を取り、唐十郎と弥次郎の杯についでくれた。

一同がいっとき酌み交わした後、神崎が、

「夷誅隊は、この先の戸塚に宿をとったようでござる」

と言って、話を切り出した。

神崎たちも、ただ保土ヶ谷まで足を運んだわけではなく、夷誅隊の行き先を探ったようである。

「明日の宿は、小田原になろう」

唐十郎が言った。

「そうであろうな。……箱根を越えられると面倒だ。山中で夷誅隊の者どもを討ち取りたいが」

神崎がそう言うと、林が後をつづけた。

「敵は十人、味方は九人。まともにやり合ったら、互角とみていいだろう。夷誅隊を征伐するためには、何か策をこうじねばだめだ」

「敵を分断するしかないな」

唐十郎は、咲たち伊賀者の手を借りれば、敵が十人でも勝てると踏んだが、咲たちのことは口にしなかった。いずれにしろ、味方に多くの犠牲者が出ることはまちがいなかったし、隠密裡《り》に動いている咲たちのことを神崎たちに知らせたくなかったのである。

「飛び道具で襲い、敵の人数を減らしておいて襲ったらどうであろう」

林が言った。

「弓、鉄砲を遣うのですか」

新しくくわわった宇田川が言った。三十がらみ、大柄な男である。その宇田川の顔に不服そうな表情が浮いていた。武芸者として、物陰から弓や鉄砲で討ち取るのは、卑怯だという気があるのだろう。

「わしも弓、鉄砲を遣いたくない。うまく仕留めたとしても、わしらが弓、鉄砲を遣って夷誅隊を征伐したことは、いずれひろまる。そうなると、攘夷を叫ぶ浪士どもに、鉄砲などの飛び道具を遣う口実を与えることになろう」

神崎がけわしい顔で言った。

「ならば、箱根山中で奇襲するしかない」

林が一同に視線をまわしながら言った。

「山中で襲えば、場所によって敵を分断できよう。山中には険しい小径《こみち》もあり、一行の先頭と後方ではかなりの差ができるはずだ」

神崎が、まず先頭付近の何人かを襲って斃《たお》せば、敵の戦力を半減できる、と言い添えた。

「それに、物陰から槍で仕掛ければ、楽に二、三人は斃せます」

林がそう言って、元木と宇田川に目をやった。

「それがしと元木で、まず、ふたりを串刺しにいたしましょう」

宇田川が言うと、元木がうなずいた。

唐十郎は、ふたりが槍の達者だと聞いていた。あるいは、神崎はこうした戦いも想定して、元木と宇田川を味方にくわえたのかもしれない。

「この策で、どうかな」

神崎が唐十郎と弥次郎に目をむけて訊いた。

「承知した」

唐十郎が言うと、弥次郎もうなずいた。

3

翌日、唐十郎と弥次郎は増川屋で用意してもらった弁当を持ち、明け六ツ（午前六時）前に出立した。

すでに、神崎たち七人は増川屋を発っていた。この時代、払暁前に出立する旅人は多かった。すこしでも、先に進みたい気が強いからであろう。

この日は薄曇りだった。旅人にとって雨は困るが、薄曇りは旅日和《びより》といえる。日中の陽射しに長く晒されることも、旅の難儀のひとつだったのである。

街道は保土ヶ谷、戸塚、藤沢《ふじさわ》、平塚《ひらつか》、大磯《おおいそ》、小田原とつづく。保土ヶ谷から小田原まで、およそ十二里半。この時代の旅人は男の大人の足で、一日十里ほどは歩いたとされるが、それにしても十二里はかなりの旅程である。

唐十郎たちは休みなく藤沢宿の先まで歩き、松並木の木陰に腰を下ろして弁当を使った。

風光明媚《めいび》な地であった。前方左手には、相模《さがみ》湾がひろがり、右の先には富士の霊峰と箱根の山々が見えている。

「若先生、助造はどうしてますかね」

弥次郎が言った。

「あの男だ、道場にこもって稽古をしているだろう。おれたちが、江戸へもどるころには、歯が立たなくなっているかもしれんな」

助造は道場にもどってから、小宮山流居合の独り稽古に没頭していた。

「ちかいうちに、瀬崎たちも道場にもどるでしょうし、また活気をとりもどしますね」

「そうだな」

唐十郎は、弥次郎も早く道場にもどって欲しかったが、いまは口にしなかった。

「行きますか」

弥次郎が立ち上がった。

唐十郎たちが小田原領に入ったのは、暮れ六ツ（午後六時）前だった。小田原は城下町である。

徒渡りの酒匂《さかわ》川を渡ったところで、咲が待っていた。

「唐十郎さま、十人は小田原宿の藤木屋《ふじきや》に草鞋を脱ぎました」

咲は唐十郎の背後に跟《つ》きながら小声で言った。

「咲、十人と戦うのは、明日かもしれぬ」

唐十郎が、神崎たちと打ち合わせたことを咲に伝えた。

「われらも助勢いたします」

咲によると、伊賀者を四人同行しているという。四人は町人体の旅人、行商人などに身を変えて、夷誅隊十人の動向を探りながら旅をつづけ、いまは小田原宿に潜伏しているとのことだった。

「戦いの様子を見て、動いてくれ」

唐十郎は、征伐組が仕掛ける前に咲たちに動いて欲しくなかった。当然、咲たちは手裏剣や弓などの飛び道具を遣うはずだが、仕掛ければすぐに夷誅隊と征伐組の双方に特殊な隠密組織が暗躍《あんやく》していることを知らせることになる。それに、飛び道具を遣って敵を斃すことは、避けたかったのだ。

「承知しました」

咲は、唐十郎の耳元で、小田原宿で、お会いすることになりましょう、とささやいて足早に去っていった。

その日、唐十郎たちは小田原宿の清水屋《しみずや》に草鞋を脱いだ。神崎たちは斜向《はすむか》いの黒崎《くろさき》屋《や》という旅籠に宿をとっていた。当初は、唐十郎たちも黒崎屋に同宿するつもりだったが、満員だったためやむなく清水屋に投宿したのである。

夕飯が済むと、唐十郎と弥次郎は明日の打ち合わせのため、黒崎屋に出かけた。神崎たちは七人で一部屋使っていたので、相談はできたのである。

酒の用意はなく、茶だけだった。明日の襲撃に備えて、酒はひかえたようである。

「明日未明、宿を出たい」

神崎が口火を切った。

神崎によると、夷誅隊の出立より先に出て、箱根の山中で襲撃に適した地を選び、そこに埋伏《まいふく》して夷誅隊を待ちたいという。

「よかろう」

唐十郎も、他に手はないと思った。

「幸い、夷誅隊はわしらのことに気付いていない。油断があるはずだ。山中ではなおのこと、攻撃に備えた態勢はとっていまい」

神崎が言った。

一同が顔を見合わせてうなずきあった。どの顔も闘気がみなぎり、双眸がひかっている。いずれも遣い手だけあって、臆している者はひとりもいなかった。

唐十郎たちはこまかい手筈を打ち合わせ、半刻（一時間）ほどして黒崎屋を出た。

清水屋にもどっていっときすると、弥次郎が湯を使うと言って座敷を出た。相部屋では話もしづらかったのである。

唐十郎たちの部屋には同宿の旅人が三人いた。商人の主従と行商人らしい男である。

唐十郎はひとり清水屋を出た。清水屋の近くに酒でも飲ませる店があれば、酔わぬ程度に飲みたいと思ったのである。

唐十郎が清水屋を出てすぐだった。背後から近付く人の気配を感じて振り返った。咲だった。巡礼の身支度ではなく鼠地の小袖に短袴姿だった。巡礼の白衣は目立つので、夜陰に溶ける忍び装束を身にまとってきたらしい。

「唐十郎さま」

咲が小声で言った。声にやわらかなひびきがある。唐十郎を見つめた黒瞳《くろめ》が濡れたようにひかっている。

唐十郎は咲が伊賀者組頭としてではなく、ひとりの女として姿を見せたことを察知した。

「お逢いしとうございました」

咲が切なそうに言った。

「おれもだ」

唐十郎が旅籠から外に出たのは、意識の底に咲に逢いたいという気持ちがあったからかもしれない。唐十郎は明日の高須との戦いを意識し、気の昂りがあったのだろう。その高揚が咲を求めたともいえる。

「どこか、静かな所はあるか」

弥次郎や他の旅人のいる清水屋で咲を抱くわけにはいかなかった。

「こちらへ」

咲が小声で言った。

唐十郎は黙って咲の後にしたがった。伊賀者である咲は、人目に触れずにふたりだけで逢える場所の見当もついているのだろう。

咲が唐十郎を連れていったのは、宿場はずれにあった阿弥陀《あみだ》堂である。朽《く》ちかけた堂で、破れた格子の扉からなかへ入ることができた。朽ちて根太《ねだ》の落ちたところもあったが、床板は軋《きし》んだだけで、じゅうぶんふたりの体を支えてくれた。

「咲、ここへ」

唐十郎が堂の隅に腰を落として両手をひらくと、咲はその手のなかに吸い込まれるように身を寄せてきた。

咲のはずむような吐息が唐十郎の耳元で聞こえた。唐十郎が咲の腰に腕をまわすと、アッ、というちいさな声を上げ、咲が身をよじった。柔らかで暖かい体である。

唐十郎が咲の襟元から手を入れ、熱い椀のような乳房をつかむと、咲はかすかな喘ぎ声を洩らし、身を唐十郎に押しつけてきた。

唐十郎は咲の体を床に倒して、おおいかぶさった。咲はみずから小袖の襟をひらいて胸をあらわにし、短袴の紐を解いた。

馴染み合った体である。唐十郎は咲の体を執拗に愛撫した。咲の白い肢体が、格子戸の間から射し込んだ月光に白蠟《はくろう》のように浮き上がり、白蛇のようになまめかしく唐十郎に絡みついた。咲もまた唐十郎を求めていたのである。

めくるめくような時が過ぎた。

唐十郎と咲は強く抱き合ったまま悦楽の極に達して果てた。

ふたりは、裸で抱き合ったまま動かなかった。格子戸から射し込んだ月光が、ふたりの体に淡い青磁色の縞《しま》模様を刻んでいる。

「唐十郎さま、どこまでもごいっしょしとうございます」

咲がつぶやくような声で言った。

4

唐十郎と弥次郎は未明に清水屋を出た。満天の星である。まだ、宿場は深い夜陰につつまれていた。払暁前に出立する旅人は多いのだが、それでも宿場の人影はすくなかった。唐十郎たちのように何かの用事で早立ちする旅人の姿が、夜陰のなかにわずかに見えるだけである。

黒崎屋の前に、数人の人影があった。神崎たちである。

唐十郎たちが近付くと、神崎がすぐに、

「まいろう」

と言って、歩きだした。

神崎、林、梅戸、元木、宇田川の五人だった。元木と宇田川は槍を手にしていた。佐山と小松崎の姿はない。

歩きながら唐十郎が佐山と小松崎のことを訊くと、ふたりは襲撃場所を探るため小半刻（三十分）ほど前に宿を出たという。

七人は足早に小田原宿を出た。街道はしばらく海岸沿いをつづいたが、やがて山間《やまあい》へと上り始めた。いよいよ箱根の山にさしかかったのである。

山間の道を早川《はや》に沿っていっとき登ると、早川にかかる三枚《さんまい》橋の前に出た。そこで道は二手に分かれていた。右手の道を早川沿いに行くと、箱根七湯で有名な湯治場がある。左手が東海道だった。芦《あし》ノ湖《こ》の湖畔《こはん》にある箱根の関所に通じている。

唐十郎は歩きながら何度か背後を振り返って見た。咲が来るかと思ったのである。だが、咲らしい姿は目にとまらなかった。もっとも、伊賀者の咲が、唐十郎の目にとまらなくとも不思議はなかった。街道を通らず、林間を縫って進みながら夷誅隊に目をくばっているのかもしれない。

左手の東海道を二町ほどいったところで、神崎が足をとめ、

「梅戸、念のためだ。この辺りで、夷誅隊の行き先を見定めてくれ」

と、三枚橋の方を振り返りながら言った。

夷誅隊は旅の疲れでも癒すつもりで、箱根七湯で一泊してから箱根越えをしようと考えるかもしれない。そうなると、途中でいくら待っても、夷誅隊は来ないことになるのだ。

「心得ました」

梅戸は、すぐに街道の脇の樹陰に身を隠した。その場から、葉叢《はむら》の間に三枚橋付近

が見えるようだ。

梅戸をその場に残し、唐十郎たちは山間の道を登った。前方に二子山《ふたごやま》がそびえたち、さらに後方には富士の霊峰が青空を圧するように屹立《きつりつ》している。

やがて街道は畑宿《はたじゆく》に出た。畑宿は宿駅でなく立場《たてば》だが、箱根の山道を登ってきた多くの旅人はこの畑宿で一息つくことから、大名なども休憩できる大きな茶屋もあり、なかなか賑わっていた。

唐十郎たちは畑宿で休息せず、そのまま通り過ぎた。畑宿を出ると、街道はすぐに山間に入り、石畳を敷いた坂道になった。道の両側には、鬱蒼《うつそう》とした杉や檜《ひのき》などの針葉樹の森がつづき、大気はひんやりとして、薄暗い林間には白い霧がたち込めていた。

街道が右手にまがっている道端に、佐山が立っていた。神崎たちが来るのを待っていたらしい。

「神崎さま、この辺りが適所とみました」

佐山によると、この先に甘酒を売る茶屋があり、そこからすぐに芦ノ湖の湖畔に出るという。

「そうだな」

神崎が街道に目をやりながら言った。

街道は上り坂になっていて、しかも右手に蛇行《だこう》している。道の両側は鬱蒼とした針葉樹の森になっており、しかも地表は腰が埋まるほどの隈笹《くまざさ》に覆われていた。身を隠す場所はいくらでもある。

夷誅隊の一行の先頭付近が右手にまがったときに仕掛ければ、まちがいなく何人かは斃せるだろう。

「小松崎はどうした」

神崎が訊いた。

「この先に」

どうやら、小松崎は右手にまがった先にいるらしい。

「行ってみよう」

神崎たちは、坂道を登った。

右手にまがってすぐ、小松崎が街道脇に立っていた。そこはいくぶん勾配《こうばい》がなだらかになり、道幅もすこしだけひろくなっていた。

「いい地だ」

物陰から一気に走り出て敵を襲うには、坂道より平らな方が都合がよかった。

「どうだ、ここは」

神崎が唐十郎に訊いた。

唐十郎はちいさくうなずいた。敵を奇襲する適所だったし、戦況によって高須と立ち合うこともできると踏んだのである。

「身支度をしろ」

神崎の指示で、男たちは街道から離れた物陰で戦いの支度を始めた。羽織を脱ぎ、襷《たすき》で両袖を絞り、刀の目釘を確かめている。元木と宇田川は槍を二、三度しごいてから隈笹を分け、杉の太い幹の陰に身を隠した。

唐十郎は身支度を終えると、街道脇の丈の高い隈笹の陰に身を隠した。弥次郎は五間ほど離れた杉の幹の陰にまわった。

街道は旅人が行き来していた。供連れの武士や駄馬を引く馬子《まご》なども通りかかったが、街道脇にひそんでいる唐十郎たちに気付く者はいなかった。

唐十郎たちがその場にひそんでから、小半刻（三十分）ほどしたとき、梅戸が喘《あえ》ぎながら街道を登ってきた。よほど急いで来たと見え、顔に汗が浮き、荒い息を吐いている。

「梅戸、ここだ」

神崎が、ひそんでいた樹陰から通りへ出た。

「き、来ます、やつらが」

梅戸が、声をつまらせて言った。

どうやら、夷誅隊は箱根七湯にはまわらず、東海道を登ってくるらしい。梅戸が早口にしゃべったことによると、敵の総勢は十人で、岡野はなかほどにいるという。山間の坂道に入ってから下馬し、若い笹山が馬を引いているそうである。

「高須はどこにいる」

唐十郎が訊いた。

「一行のなかほどに」

「分かった」

唐十郎はそれだけ聞くと、ふたたび隈笹の陰に身をひそめた。

5

遠方で、馬蹄《ばてい》の石を打つ音が聞こえた。馬を引く者が街道を上がってくるようだ。

――夷誅隊だな。

唐十郎は察知した。二頭の蹄《ひづめ》の音が聞こえたのだ。一頭は軍資金を積んだ駄馬であり、もう一頭は岡野の馬であろう。

いっときすると、坂道を登ってくる足音や話し声も聞こえてきた。武士たちのようだ。いよいよ夷誅隊が来るようだ。樹陰や笹陰に身を隠している男たちは息を呑み、街道の先に視線を集めている。

――来たな！

街道のまがり角から、旅装のふたりの武士が姿を見せた。夷誅隊の富永久八郎と西脇万助だった。さらに、三間ほど間を置いて、橋口と笹山が姿を見せた。笹山は空馬を引いている。

後続の姿はまだ見えない。都合のいいことに一行の間があいているようだ。

先頭の富永と西脇が、唐十郎たちの前に通りかかったとき、後続の姿が見えた。高須と稲村、その後ろに岡野の姿もある。

先頭のふたりにつづいて橋口と笹山が、唐十郎の前を通り過ぎたとき、突如《とつじょ》、ザザザッという隈笹を分ける音がし、槍を構えた元木と宇田川が飛び出した。

つづいて、梅戸、林、唐十郎、弥次郎の四人が、物陰から走り出た。さらに、小松崎と佐山が飛び出した。

「敵襲！」

橋口が一声叫んで、抜刀した。

そこへ、元木が走り寄り、するどい気合とともに槍を突き出した。橋口は槍をかわす間がなかった。それでも、一瞬、脇へ跳ぼうとして身を浮かしたため、槍穂は腹ではなく左の太腿に突き刺さった。

「おのれ！」

橋口は刀身を振り下ろし、柄のけら首あたりをたたき斬った。

元木はすぐに槍を捨てて抜刀したが、踏み込みざま袈裟に斬り込んできた橋口の一撃を肩先に受けてのけ反った。

一方、宇田川は笹山の脇へ一気に走り寄り、槍をくりだした。その穂先が、笹山の脇腹に突き刺さった。笹山は馬の手綱《たづな》を持っていたため、一瞬、体をかわすのが遅れたのである。

ギャッ、という絶叫を上げ、笹山が後ろへよろめいた。その拍子に、笹山の背が馬の尻に突き当たった。馬が驚いたように一声いななき、突然走りだした。カツ、カツと蹄の音が山間の街道にひびく。

宇田川はすばやく槍を引き抜くと、抜き身をひっ提げてつっ立っている橋口の前へ走った。橋口の太腿には、槍穂が突き刺さったままである。

タアリァ！

甲声《かんごえ》を上げ、宇田川がするどい刺撃をくりだした。

橋口は刀身を振り上げて槍穂をはじこうとしたが、体が思うように動かず、宇田川の一撃を腹に受けた。橋口は身をのけ反らせて絶叫を上げた。槍の鋒《きっさき》が橋口の腹から背へつきぬけている。

一方、梅戸と林は八相に構え、先頭にいた富永と西脇の脇へ走り寄っていた。一気の寄り身である。

「征伐組か！」

叫びざま、富永が後じさりながら抜刀した。

西脇も慌てて、刀を抜いた。だが、ふたりとも構える間はなかった。

イヤァッ！

裂帛《れっぱく》の気合を発し、袈裟に斬り込んだ梅戸の一撃が、富永の肩口へ食い込んだ。

富永が絶叫を上げてよろめく。さらに、梅戸は富永に追いすがり、二の太刀を真っ向へあびせた。

富永の額が割れ、血と脳漿《のうしょう》が飛び散った。富永の顔は血まみれになり、ふらふらと歩きかけたが、ふいに腰からくだけるように転倒した。

「怯《ひる》むな！ 返り討ちにしろ！」

岡野が叫んだ。

その岡野の脇に大柄な男が、駄馬の手綱を持って立っていた。この男の名は宮川雄《みやかわゆう》太郎《たろう》、京へむかう直前に夷誅隊にくわわった長州脱藩の浪士である。

さらに、まがり角のむこうから、御倉、和田が姿をあらわし、襲撃を目にして駆け寄ってきた。

唐十郎は高須にむかって疾走した。弥次郎も稲村にむかって走った。ふたりは、走りざま左手で刀の鯉口を切り、右手を柄に添えて抜刀体勢をとっている。

「来たか！ 狩谷」

叫びざま、高須が抜刀した。

高須が刀身を振り上げ蜻蛉《とんぼ》に構えようとした。

そこへ、唐十郎が正面から一気に踏み込んだ。

小宮山流居合、入身迅雷。

正面の敵に対し、迅雷のごとく迅《はや》くするどく身を寄せ、抜きつけの一刀をあびせる。寄り身の迅さと果敢さが命の技である。

シャッ、という刀身の鞘走る音とともに、唐十郎の腰元から閃光がはしった。

踏み込みざま袈裟へ。抜きつけの神速の一刀が高須の肩口をおそう。

瞬間、高須は背後に身を引いて唐十郎の一颯《いっさつ》をかわそうとした。

が、唐十郎の寄り身と抜刀は高須の読みよりも迅かった。

唐十郎の切っ先が、高須の肩口から胸にかけて着物を裂いた。肌に血の線がはしり、ふつふつと血が噴いた。だが、肌を浅く裂いただけである。一瞬、高須が身を引いたため、浅手で済んだのだ。

高須は体勢をくずして後ろへよろめいたが、すぐに体勢をたてなおして蜻蛉に構えた。

咄嗟に、唐十郎も同じ蜻蛉に構えた。

小宮山流居合、山彦である。

山彦は小宮山流居合のなかで、抜刀してからの唯一の技である。これは、敵が青眼に構えれば青眼に、八相に構えれば八相に構えて敵とまったく同じ動きをする。ちょうど、谺《こだま》のように敵に合わせることで、敵の攻撃を読むと同時に戸惑《とまど》いを誘い、一瞬の隙をついて敵を斃すのだ。

高須の顔に戸惑うような表情が浮いた。まさか、唐十郎が蜻蛉に構えるとは思いもしなかったのであろう。

高須は唐十郎の反応を見るように、つ、つ、と短く踏み出した。

と、唐十郎も同じように、短く踏み出す。

「目眩《めくら》ましか」

高須は蜻蛉の構えのまますばやい動きで身を寄せてきた。

唐十郎も同じように高須に迫る。

ふたりの間合は一気にせばまった。

イヤアッ！

タアッ！

ほぼ同時にふたりの気合がひびき、体が躍った。

蜻蛉の構えから真っ向へ。

同じ動きでくり出されたふたりの刀身が鼻先で合致し、はじき合った瞬間、青火が散り、金気《かなけ》が流れた。

が、わずかに唐十郎の斬撃が遅れていた。しかも、蜻蛉の構えからの斬撃は高須の方が迅くするどかった。

刀身ははじき合ったが、唐十郎の体勢が大きくくずれ、後ろへよろめいた。

「逃さぬ！」

すかさず、高須が踏み込み二の太刀をふるった。

蜻蛉から真っ向へ。

唐十郎は受ける間がなかった。高須の切っ先が、唐十郎の着物の肩先を裂いた。高須はなおも刀身を振り上げて迫ってくる。唐十郎は体をひねりながら、右手へ飛び込むように転倒した。高須の斬撃をかわすには、それしかなかったのである。

唐十郎は地面を転がり、杉の根元まで逃れて身を起こし、幹のむこうにまわり込んだ。

その一瞬、ガッ、と音がし、刀身が杉の幹に食い込んだ。高須の一撃が、幹に当ったのである。

唐十郎は高須が刀身を引き抜く一瞬の隙をとらえ、大きく間を取って体勢をたてなおした。

——強い！

唐十郎は身震いした。

「狩谷、勝負はこれからぞ」

高須が声を上げた。

唐十郎は刀身を背後に引いて、脇構えにとった。

――こやつに、山彦は通じぬ。

と、察知した。

唐十郎は脇構えから、居合の抜刀の呼吸で斬り込む体勢をとった。

6

山間の街道で、凄まじい死闘がくりひろげられていた。男たちが入り乱れ、気合や怒号が飛び交い、剣戟《けんげき》の音が耳を打つ。

弥次郎は、稲村に一気に身を寄せて抜きつけた。

初伝八勢の技のひとつ霞切を遣った。霞切は上体を低くして、敵の手元に切っ先を突き込むように抜きつける。上体を前に倒すようにして踏み込んでいくため、敵は一瞬間合を読み誤るのだ。

弥次郎の一颯が、青眼に構えていた稲村の右手をとらえた。

ギャッ！　と絶叫を上げ、稲村は刀を取り落として後ろへよろめいた。右の前腕が垂れ下がっている。弥次郎の切っ先が、稲村の前腕の骨肉を截断《せつだん》したのだ。

截断された右腕から、血が赤い筋のようになって流れ落ちた。

弥次郎は、さらに稲村に二の太刀をあびせようとして踏み込んだ。そのとき、背後に迫る人の気配を感じ、肩先から背にかけて焼鏝《やきごて》を当てられたような衝撃を感じた。

夷誅隊のひとり御倉が走り寄りざま、背後から斬りつけたのだ。

「おのれ！」

反転しざま、弥次郎は刀身を横に払った。咄嗟の反応である。

弥次郎の切っ先が御倉の腹を浅く薙《な》いだ。

着物が裂け、肌に赤い血の線がはしって血が細い筋になって流れ落ちた。御倉は顔をひき攣《つ》らせ、後ろによろめいた。

弥次郎も背後へ身を引いた。左の肩先から背にかけて、疼痛がある。命にかかわるような傷ではなさそうだが、左手が自在に動かない。刀は右手に持って、ダラリと垂らしたままである。

「軍資金を奪え！」

神崎が叫んだ。

その声で、佐山と小松崎が、駄馬の手綱を握っている宮川のそばへ走った。

「馬を守れ！」

宮川のそばにいた岡野が抜刀して、駄馬のそばに駆け寄ろうとした。

それを見て、和田も走り寄り、いきなり佐山に斬りつけた。佐山は脇へ跳んでかわしたが、踵《きびす》が石に当たって尻餅をついた。

「死ね！」

これを見た和田が、振りかぶりざま斬り込んできた。

咄嗟に、佐山が尻餅をついたまま刀身を突き上げた。

佐山の切っ先が和田の胸部に突き刺さるのと同時に、佐山の肩口がザックリと裂けた。

和田は前に倒れて、佐山におおいかぶさった。そのまま動かない。血が胸部からほとばしり出ている。佐山の切っ先が心ノ臓をとらえたらしい。

佐山の肩口からも血が激しく噴出していた。和田の刀身は佐山の鎖骨を截断し、胸部まで達している。

相打ちだった。ふたりは折り重なった格好で、血に染まっている。

一方、小松崎は斬撃の間に踏み込むやいなや、ふりかぶりざま真っ向へ斬り込んだ。馬庭念流の剛剣である。

オオッ！

と声を上げ、宮川が刀身を振り上げて小松崎の斬撃を横一文字に受けた。

が、小松崎の剛剣に腰がくだけ、後ろへよろめいた。

そのとき、手にした刀の切っ先が、背後にいた駄馬の尻を斬った。

突如、馬は竿《さお》だっていななき、背に行李を積んだまま狂馬のごとく走りだした。

「馬だ！　馬を押さえろ」

慌てたのは岡野だった。

岡野は必死の形相で後を追おうとした。その眼前に、林が立ちふさがった。

「うぬは、おれが斬る」

林が切っ先を岡野にむけた。返り血を浴びた林の顔が赭黒《あかぐろ》く染まり、双眸が猛虎のようにひかっている。


そのとき、咲は街道からすこし離れた樅《もみ》の木の太い枝の上に立っていた。目は唐十郎にそそがれている。いよいよ唐十郎の身があやういとみたら、手裏剣を投げるつもりだった。

その咲の目に、駄馬が駆け去るのが見えた。背には軍資金が積んであるはずである。咲はすこし離れた杉の幹の陰に身を隠している配下の江島に、馬を押さえろ、と指先で合図を送った。

江島はちいさくうなずき、その場から隈笹のなかを疾走した。獣が笹を分けて走るような音がしたが、戦いの渦中《かちゅう》にいる男たちの耳には入らなかった。

咲の目は、ふたたび唐十郎にそそがれた。

そのとき、唐十郎と高須は、およそ四間の間合をとって対峙していた。唐十郎は脇構え、高須は蜻蛉の構えである。

高須は唐十郎を見すえたまま動かない。疾走し、一気に斬撃の間に迫る機をうかがっているのである。

と、そのとき、岡野が、

「引け!」

と、叫んだ。

すでに、味方の多くが斃され、このままでは自分の身もあやういとみたのであろう。

岡野は後じさり、林から逃れようとした。

「逃すか!」

叫びざま、林が岡野に斬り込もうとして踏み込んだ。

すると、小松崎を斃した宮川が林の方へ走り、隊長、逃げてくれ、と声を上げ、林に斬りつけた。

咄嗟に、林は体をひねって宮川の切っ先を逃れたが、岡野からは離れた。この一瞬の隙を衝いて、岡野が駆けだした。しかも、街道ではなく、針葉樹が林立し地表を隈笹がおおった森のなかへ逃げ込んだのだ。

「追え！」

林が岡野の後を追った。

この様子を目の端にとらえた高須は、突如、裂帛の気合を発して疾走した。一気に唐十郎との斬撃の間境に迫る。

キィエエッ！

猿声のようなするどい気合とともに、蜻蛉の構えから真っ向へ斬り込んできた。

唐十郎は脇構えから居合の抜刀の呼吸で、逆袈裟に斬り上げた。

キーン、という甲高い金属音がひびき、ふたりの刀身がはじき合った。

次の瞬間、高須が脇へ泳いだ。勢いあまって、道際までつっ込んでいく。一方、唐十郎も高須の強い斬撃に押され、体勢をくずしてよろめいた。

唐十郎は足を踏ん張って体勢をたてなおすと、ふたたび脇構えにとった。が、どうしたことか、高須は道際からそのまま隈笹の繁茂《はんも》した森のなかに飛び込んだのだ。そして、笹を掻き分け、林間を走りだした。どうやら、岡野が逃げたことを知り、この場にいても利はないとみて逃走する気になったらしい。

「逃げるか！」

唐十郎も笹のなかに踏み込み、高須の後を追った。

だが、唐十郎の足はすぐにとまった。高須の背が笹のなかにまぎれて見えなくなり、かすかに笹を掻き分ける音しか聞こえなかったのだ。

唐十郎はあきらめて街道へもどってきた。

このとき、咲が高須の後を追っていた。咲は笹藪を分け、大樹の枝をつたい、ほぼ同じ間隔をたもったまま高須を尾けていく。伊賀者の咲は、ほとんど音をたてなかった。

高須だけではなかった。もうひとり咲のそばにいた木下も、街道から森のなかへ逃げ込んだ岡野の跡を尾けていたのだ。

7

戦いは終わった。街道や笹のなかに何人もの斬殺体が横たわっていた。刀槍が落ち、飛び散った血が地面を赭黒く染め、截断された腕や指が転がっている。血まみれになり、立っているのがやっとの者、うずくまったまま低い呻き声をもらしている者もいた。

夷誅隊の者で立っている者はいなかった。その場に残ったのは、征伐組の者だけである。唐十郎、弥次郎、神崎、林、梅戸、宇田川の六人である。ただ、弥次郎、梅戸、宇田川の三人は深手を負っていた。

弥次郎は左の肩から背にかけて斬られ、着物が蘇芳《すおう》色に染まっていた。宇田川は背を深く裂かれ、立っているのがやっとである。梅戸は左手の指を二本斬られていた。着物の袖を裂いて、左手をつつんでいる。

佐山、小松崎、元木の三人は斬殺されていた。

一方、夷誅隊はさらに多くの者が死体となって横たわっていた。副隊長の橋口、隊士の笹山、富永、御倉、和田の五人である。それに、宮川が腹を押さえて道端にうずくまっていた。林に腹をえぐられたのである。

「弥次郎、深手のようだな」

唐十郎は弥次郎のそばに身を寄せて声をかけた。

「若先生、面目ない」

「見せてみろ」

唐十郎は弥次郎をかがませ、背後にまわって傷口を見た。

左肩というより、左腕のつけ根あたりから背中にかけて七寸ほどの傷があり、かなり出血していた。ただ、命にかかわるような傷とは思えなかった。出血さえとまれば、大事にはいたらないはずである。

唐十郎は己の肩袖を切り裂いて傷口に当て、さらに脱いであった羽織を裂き、傷口を強くしばった。

「ありがとうございます」

弥次郎が照れたような顔をして言った。

「弥次郎は、死ねない身だからな」

こんなところで、弥次郎を死なせるわけにはいかなかったのである。

そのとき、街道の先で、パカ、パカという馬の蹄の音が聞こえた。馬だけで、馬方の姿はなかった。

「逃げた馬だ！」

梅戸が声を上げた。

この場から走り去った行李を積んだ駄馬だった。ゆっくりとした足取りで、こちらにむかってくる。背には二つの行李を積んだままだ。

伊賀者の江島が駆け去った馬を押さえ、近くまで引いてきて唐十郎たちのいる方へむかって放したのだが、そこにいた男たちは馬が勝手にもどってきたと思った。

「連れてこい」

神崎が言った。

すぐに、梅戸が手綱を引いて馬を連れてきた。

神崎は小刀の先で行李の脇を裂き、なかを覗いてみた。衣類に多量の切り餅らしき物がつつんである。軍資金のようだ。

「犠牲者は出たが、よしとせねばならぬな」

神崎が言った。

夷誅隊でこの場から逃れたのは、岡野、高須、西脇、稲村の四人だけである。しかも、稲村は片腕を截断されていたので、逃げる途中で命を落とすかもしれない。それに、江戸から京へ運ぼうとした軍資金を奪い返したのだ。

――だが、肝心のふたりは逃がした。

唐十郎は胸の内でつぶやいた。

夷誅隊をひきいていた岡野と、鬼の洋造と呼ばれて多くの者を斬殺した高須は、逃げたのである。

「ともかく、小田原宿へ引き上げよう」

神崎が、林に、腹を押さえている男にとどめを刺してやれ、と指示した。宮川である。宮川は低い呻《うめ》き声を洩らしてうずくまっていた。押さえた指の間から臓腑が覗いている。だれの目にも、宮川の命が長くないことは分かった。

「承知」

林が宮川の背後から心ノ臓を突き刺して、絶命させた。

唐十郎たちは、街道に横たわっている死体を笹藪のなかに運んでからその場を去った。街道に死体が転がっていては、旅人の邪魔なのである。

唐十郎は弥次郎をささえ、林が宇田川をささえて箱根の山をくだった。小田原宿まで行けば、弥次郎たちを医者に診てもらうこともできるだろう。

唐十郎たちは、今朝神崎たちが出立してきた黒崎屋に宿をとった。さっそく医者が呼ばれ、弥次郎、宇田川、梅戸の三人が手当を受けた。

医者が帰って一息ついたとき、唐十郎の許に林が姿を見せた。唐十郎と弥次郎は、神崎たちと別の座敷にいたのだ。

「狩谷どの、話がある。来てくれ」

そう声をかけ、林が唐十郎を神崎たちの部屋に連れていった。

座敷には、神崎と梅戸がいただけである。梅戸は左手に分厚く晒を巻いていた。まだ、出血しているらしく、赭黒い染みができている。

唐十郎が座敷に腰を落ち着けるとすぐ、

「狩谷どの、手を貸してもらえぬか」

と、林が言った。

「どういうことだ」

「逃げた岡野たちを追いたい」

林が言った。唐十郎を見すえた双眸が、切っ先のようなするどいひかりを宿していた。林は、狙った獲物はどこまでも追いつめて仕留めずにはいられない狼のような一面を持っている。

「承知した」

唐十郎もそのつもりでいた。岡野はともかく、高須とだけは決着をつけたかった。それに、咲のこともある。咲たち伊賀者は、岡野を斃すまで戦いは終わらないはずだ。岡野を追って、京まで旅をつづけるにちがいない。

「わしは、奪い返した軍資金を持って江戸へもどるつもりだ」

神崎が言った。

「おれも、ふたりといっしょに行こう」

梅戸が、血がとまれば、刀も握れる、と左手に目をやりながら言い添えた。

「いいだろう」

唐十郎は承知した。梅戸は馬庭念流の遣い手であり、戦力になるはずだった。

「わしは、怪我人を連れて江戸へもどろう」

神崎が、唐十郎たち三人に目をやって言った。

「本間も連れていってくれ」

唐十郎は、弥次郎も江戸へ帰そうと思った。

結局、唐十郎、林、梅戸の三人で逃げた岡野たちを追い、神崎が宇田川と弥次郎を連れて江戸にもどることになった。

その夜、唐十郎は夕餉《ゆうげ》がすんだ後、

「弥次郎、頼みがある」

と、話を切り出した。

「若先生、何です、あらたまって」

弥次郎が座りなおした。

「弥次郎に、江戸の道場を頼みたいのだ。助造ひとりを残してきたが、まだ、助造には道場を背負ってはいけぬ。それに、助造は小宮山流居合の奥伝までは身につけていないからな」

唐十郎は、弥次郎の指南で助造に奥伝三勢の伝授を頼みたかったのだ。むろん、弥次郎を江戸の妻子の許に帰したいという気持ちも強かった。

「それで、若先生は」

弥次郎が訊いた。

「京まで、足をのばしてみるつもりだ」

高須と決着をつけるのが先だが、唐十郎はひとりの剣客として、京の地で己の剣を存分にふるってみたい気があったのだ。おそらく、京には高須以上の遣い手もいるだろう。

「…………」

弥次郎は口をきつく結び、しばらく虚空を睨むように見すえていたが、ふいに、唐十郎にむかって頭を下げると、

「若先生、かたじけのうございます」

と、涙声で言った。弥次郎には、自分の家族のことまで案じてくれた唐十郎の気持ちが痛いほど分かったのである。

「おい、礼など言われる筋合はないぞ。おれは、せっかくここまで来たのだから京見物でもして帰ろうと思っただけのことだ」

そう言い置いて、唐十郎は立ち上がった。

第六章　京へ

1

唐十郎はひとり、東海道を潮風に吹かれながら西にむかって歩いていた。左手には駿河湾の青い海原がひろがり、右手には富士山が紺碧《こんぺき》の空を圧するようにそびえている。春らしい穏やかな日和《ひより》だったが、晴天のせいもあって陽射しはかなり強かった。

今朝、唐十郎は三島《みしま》宿を出立し、沼津《ぬまづ》を過ぎ、いまは次の宿場である原宿《はらじゅく》にむかっていた。先に発った林と梅戸は、原宿を通り過ぎたころであろうか。

唐十郎たちが神崎や弥次郎たちと小田原宿で別れたのは、一昨日だった。そして、昨日は林たちと箱根を越え、三島に宿をとったのである。

唐十郎は林たちと三島宿に着くまで同行し、宿場ごとに茶店に立ち寄ったり、駕籠《かご》かきを呼びとめたりして、岡野や高須の行方《ゆくえ》を探った。

その結果、昨日、三島宿の茶店の親爺から、岡野たちらしい四人の武士を見かけたという情報を得た。親爺によると、四人のうち、ひとりは片腕がなく、ひどく苦しげだったという。おそらく、稲村であろう。そのことからみても、岡野たち四人は京へむかったとみていいようだ。

唐十郎が三島宿を発つとき、林たちと別れたのは理由があった。咲と連絡を取るためである。唐十郎が林たちといっしょでは、咲が近付きにくいだろうと思ったのだ。それに、唐十郎には、気楽な独り旅をしたいという気持ちもあった。

沼津を出て、海岸沿いの道をしばらく歩いたとき、唐十郎は背後から足早に近付いてくる巡礼姿の女に気付いた。

咲である。咲は白装束で笈《おい》を背負い、菅笠で顔を隠していた。

「唐十郎さま、本間さまは」

咲が唐十郎のすぐ後ろについてきながら訊いた。

「江戸へ帰った」

唐十郎は歩きながら、箱根の山中で夷誅隊とやり合った後のことをかいつまんで話した。

「岡野たちを追っているのは、唐十郎さまの他は林どのと梅戸どのですか」

咲が訊いた。

「そうだ」

「軍資金はどうなりました」

「神崎どのが江戸へ持ち帰ることになった」

「そうですか」

咲は口元に微笑を浮かべただけで、軍資金のことはそれ以上口にしなかった。

「ところで、咲、岡野たちの行方をつかんでいるか」

唐十郎が訊いた。

「いまごろ、岡野たちは吉原《よしわら》あたりではないかと」

咲が、江島と木下が尾けていることを言い添えた。

「近いな」

思ったより、岡野たちは近いところにいた。

いまむかっている原宿の先が、吉原の宿場である。原宿から吉原まで、三里二十二丁の距離である。岡野たちは唐十郎たちより一日早く箱根の山を越えていたので、いまごろは江尻《えじり》あたりまで行っているのではないかとみていたのである。なお、吉原から江尻まで、七里の余である。

「岡野たちには怪我人がいて、手間取ったようです」

咲が言った。

「稲村だな」

「はい、怪我人は沼津宿に残してきたようです」

咲によると、稲村は旅がつづけられないほど弱ったため、沼津宿に残し、岡野、高須、西脇の三人だけで京へむかったという。

「そうか」

截断された腕からの出血がとまらないのであろう。稲村の命も長くはあるまい、と唐十郎は思った。

「岡野たちの今夜の宿は、興津《おきつ》あたりではないかとみております」

東海道は吉原から、蒲原《かんばら》、由比《ゆい》、興津とつづいている。

「唐十郎さまの今夜の宿は」

咲が訊いた。

「蒲原と決めている」

唐十郎は三島を発つとき、林たちと次の宿は蒲原と決めていたのだ。

「急げば、明日中にも岡野たちに追いつけるかもしれませぬ」

「そうだな」

「それでは、蒲原でお会いいたします」

咲はそう言い残し、足早に唐十郎を追い越していった。

その日、唐十郎は蒲原宿の船田屋《ふなだや》という旅籠に草鞋を脱いだ。先に宿に入った梅戸が宿場の入り口で、唐十郎を待っていてくれたので、同じ旅籠に投宿できたのである。

夕飯の膳に酒をつけてもらった。梅戸は傷にさわるので口にしなかったが、唐十郎と林は久し振りで喉をうるおした。

いっとき飲んだ後、

「すでに、岡野たち三人は、この宿場を通ったようだ」

と、林が言った。

林たちは、稲村が途中別れたらしいことも知っていた。

林と梅戸は蒲原宿に入った後、船田屋に草鞋を脱ぐまでの間、宿場の茶屋や馬子などに岡野たちのことを訊いたという。

「岡野たちは、茶店に立ち寄ったらしいのだ。茶店の親爺によると、怪我をした男はいっしょではなく、三人連れだったというが、親爺が話した年格好や人相からみて、岡野たち三人とみてまちがいあるまい。稲村は、途中の宿場に置いてきたのであろう」

「この宿場を通ったのは、何刻ごろだ」

唐十郎が訊いた。

「親爺の話だと、今日の四ツ（午前十時）過ぎのようだ」

「となると、今夜の宿は興津あたりだな」

唐十郎は咲から聞いたことを口にした。

「そうだな」

「岡野たちの明日の宿は、どのあたりとみる」

「藤枝《ふじえだ》か島田《しまだ》だな」

林によると、興津から藤枝までは九里ほど、藤枝の先の島田までは十一里ほどだという。男の足で一日十里とみれば、岡野たちの明日の宿は藤枝か島田ということになりそうである。

「島田だな」

島田の先には。東海道の旅の難所、大井川《おおい》がある。岡野たちは大井川を念頭に、島田までは足を延ばすのではあるまいか。

「おれも、島田とみる」

林が言った。

「どうだ、おれたちも明日、島田まで足を延ばさんか」

蒲原から島田まで十四里の余あるが、朝早く発てば無理な旅程でもない。

「いいだろう」

島田で岡野たちに追いつけば、先まわりして待ち伏せすることもできるだろう。

それから、唐十郎は林と半刻(一時間)ほど酒を飲んだ後、

「夜風に当たって、酔いを醒《さ》ましてくる」

と言って、旅籠から外へ出た。

いっとき宿場を歩いていると、咲が姿を見せた。

「やはり、岡野たちは興津に宿をとったようです」

咲が小声で言った。

歩きながら咲が話したことによると、配下の江島が興津から引き返してきて、咲に伝えたという。

「岡野たちの明日の宿は島田とみている」

唐十郎が言った。

「そうでしょうね」

「おれたちも、明日は島田に宿をとることにした」

岡野たちに追いつくことを咲に知らせたのである。

「いよいよですね」

咲が低い声で言った。咲も、唐十郎たちが岡野たちに戦いを挑む気でいることを察知したようだ。

その夜、唐十郎は咲を抱かなかった。明日の早い出立のこともあったが、咲が伊賀者としての気持ちを捨てなかったからだ。咲にも、戦いを前にした緊張があったのであろう。

2

翌朝、払暁のうちに唐十郎たちは、船田屋を出た。

幸い薄曇りの旅日和だった。蒲原から由比、興津、江尻と足を延ばし、安倍《あべ》川の手前の府中《ふちゅう》で、船田屋で用意してもらった弁当を使った。

そして、府中から岡部《おかべ》、藤枝と歩き、島田宿に着いたのは、暮れ六ツ（午後六時）を過ぎてからだった。

唐十郎たちは島田宿に入るとすぐ、三人で手分けして旅籠や茶店などをまわり、岡野たちの情報を集めた。岡野たちが島田宿に投宿しているかどうかつかんでおきたかったのである。

だが、訊きまわる必要はなかった。唐十郎が宿場はずれの茶店に入ろうとしたとき、咲が呼びとめたのだ。

「唐十郎さま、岡野たちの宿はつかんでおります」

咲が唐十郎の耳元で言った。

「島田宿か」

「はい、倉島屋《くらしまや》という大きな旅籠です」

咲によると、岡野、高須、西脇の三人が倉島屋に投宿したという。咲の配下の伊賀者が岡野たちの足取りをつかんでいるのだろう。

「いよいよ明日だな」

唐十郎は、日を置かずに岡野たちを襲って決着をつけたいと思った。

「大井川を渡った先になりましょうね」

「そうなるな」

おそらく、大井川を越えるまでは、襲撃できるような場所はないだろう。

「助勢をしてもいいですか」

咲が訊いた。

「無用だ」

敵は三人、味方も三人である。それに、咲たち伊賀者は手裏剣を遣うはずである。唐十郎は、高須と剣で勝負を決したかったのである。

「われらは、伊賀者として動きましょう」

咲が小声で言った。おそらく、唐十郎があやういとみれば、手を出さずにはいられないだろう。

唐十郎は、それ以上言わなかった。ただ、示現流との戦いは、あやういと見えたときには、勝負が決していたはずだった。手裏剣を遣ったとしても、助勢は無理であろう。

「ご武運を祈っております」

咲はそう言い残し、唐十郎から離れた。

その夜、唐十郎たちは繁森屋《しげもりや》という旅籠に草鞋を脱いだ。そして、夕飯を終えると、明日の策をたてることにした。策といっても襲撃場所を決めるだけである。

「遠江《とおとうみ》に入ってからだな」

林が言った。

大井川を越えると、駿河国から遠江国になる。

「金谷《かなや》の先は、峠越えになるはずですよ」

梅戸が言った。

大井川を越えるとすぐ、次の宿場の金谷宿となる。梅戸は、金谷宿を越えれば襲撃の適所があると言っているのだ。

「寂しい峠なら、旅人に邪魔されずに仕掛けられるな」

林も梅戸に同意した。

「金谷の先で、いいだろう」

唐十郎も、金谷宿を過ぎてからだと思っていたのだ。

翌朝、唐十郎たちは未明に繁森屋を出た。岡野たちより早く大井川を越えたかったのである。それでも、街道にはちらほら人影があった。東海道一の難所である大井川越えを目前にして、旅人たちも気が急《せ》いているにちがいない。

唐十郎たちが川越所に立ち寄ったころ、東の空が鴇《とき》色に染まってきた。そろそろ夜明けである。まだ辺りに淡い夜陰が残っていたが、上空の星のまたたきが薄れ、河原もその先の川面もはっきりと見えてきた。

唐十郎たちは、蓮台ではなく肩車の渡しを頼んだ。渡し賃も武士と町人ではちがうが、唐十郎たちは川越所の者に言われた通り払った。ひとり五十二文とのことだった。渡し賃は川の水量によって異なり、今朝の水嵩《みずかさ》は帯下ほどなので、渡し賃は安いそうである。

何事もなく、唐十郎たちは大井川を渡り終えた。岡野たちは、まだのようである。

大井川を越えると金谷宿は、すぐである。旅人のなかには、「水祝い」と称し、大井川を無事に渡れたことを喜んで金谷宿で一杯やる者も多かったが、唐十郎たちは足もとめずに通り過ぎた。

金谷宿を出ると、街道は諏訪原《すわのはら》（牧《まき》の原《はら》）の台地へ入り、雑木林がつづいていた。すこし歩くと、街道沿いに集落が見えてきた。菊川村《きくかわ》である。

その集落を抜けると、道は上り坂になり、街道の左右は薄暗い森林でおおわれていた。小夜《さよ》の中山《なかやま》と呼ばれる峠である。

いっとき、坂道を上ったところで、林が足をとめた。

「この辺りは、どうだ」

林が街道に目をやりながら訊いた。

「いいだろう」

唐十郎も、いい場所だと思った。

そこは、平坦な地で街道の左右は杉や檜が鬱蒼《うつそう》と茂っていた。辺りに人家はなく、深い静寂につつまれている。ときおり、旅人や馬子に引かれた駄馬などが通ったが、岡野たちとの戦いを邪魔する者はいないだろう。

「身を隠そう」

林と梅戸は、山裾《やますそ》側の杉林のなかに身をひそめた。

唐十郎は、海側の街道沿いに茂っていた灌木《かんぼく》の陰にまわった。三人は身を隠してから、戦いの身支度を始めた。身支度といっても簡単である。刀の下げ緒で両袖を絞り、刀の目釘を確かめるだけである。

ただ、梅戸だけは刀を抜き、実際に振ってみていた。左手の指を二本失っているので、ぞんぶんに刀がふるえるかどうか確かめているのだろう。いっときすると、梅戸は納刀し、林と唐十郎に顔をむけてうなずいて見せた。戦いに支障はないということらしい。

なかなか、岡野たちは姿を見せなかった。

唐十郎たちが、その場に身をひそめて一刻（二時間）ちかくも経ってから、やっとそれらしい三人の姿が街道の先に見えた。大井川越えで手間取ったのであろう。

先頭が西脇らしかった。その後ろに、恰幅のいい岡野と中背の高須の姿があった。

三人は足早に歩いてくる。

三人が唐十郎たちの前にさしかかったとき、林と梅戸が杉の幹の陰から通りへ出た。

「征伐組だ！」

西脇が声を上げた。

「執念深いやつらだ」

岡野の顔が憤怒にゆがんだ。征伐組の執拗な追跡に怒りを覚えたのであろう。

一方、高須は無表情のまま周囲に目を配っていた。唐十郎の姿を探したにちがいない。

「おれは、ここだ」

唐十郎は灌木の陰からゆっくりと街道へ出た。

「あらわれたな」

高須の口元にうす笑いが浮いたが、唐十郎にむけられた目には切っ先のようなするどいひかりがあった。

「高須、勝負をつけようぞ」

唐十郎は、高須の前にまわり込んだ。

「望むところだ」

高須は、すばやく打裂羽織を脱ぎ捨てた。

岡野と西脇も動いた。岡野たちも敵が三人だけと見て、戦う気になったらしい。ふたりは着ていた羽織と合羽を脱ぎ捨てると、岡野は林の前にまわり込み、西脇は梅戸と対峙した。

3

唐十郎と高須との間合は、四間ほどだった。

唐十郎は祐広の柄に右手を添え、居合腰に沈めている。高須は抜刀して、示現流の蜻蛉の構えをとっていた。

ふたりは動かなかった。まず、敵の動きを見ようとしたのである。静寂と、鬱蒼とした林間の重苦しいような大気がふたりをつつんでいる。

——霞飛燕《かすみひえん》を遣う。

唐十郎が胸の内でつぶやいた。

霞飛燕は、小宮山流居合にはない技である。唐十郎が燕《つばめ》の礫《つぶて》のような飛翔《ひしょう》とするどい変化を見て思いつき、工夫して会得した必殺剣だった。

ふたりの全身に気勢がみなぎり、斬撃の気配が満ちてきた。しだいに緊張が高まり、痺《しび》れるような剣の磁場が辺りをつつんでいる。

いっときが過ぎた。唐十郎も高須も、どれほどの時間が経過したか分からなかった。ふたりには、時間の意識がなかったのである。

潮合《しおあい》だった。

つ、つ、と高須が踏み出した。刹那、高須の全身からするどい剣気が放たれ、
キイエエッ！

という甲高い猿声とともに、疾走してきた。

同時に唐十郎も仕掛けた。唐十郎は抜刀体勢を取ったままかがみ込むように身を低くして前に走った。

一気にふたりの間がつまる。

イヤッ！

裂帛の気合とともに、するどい閃光が唐十郎の腰元から疾《はし》った。遠間である。まだ、一足一刀の間境から半間ほどもあった。

その遠間から唐十郎の祐広の切っ先が、槍の穂先のように高須の胸元に伸びた。

高須の目に、真っ直ぐ伸びてくる祐広の切っ先が点のようになって見えたはずだ。

まさに、正面から飛翔する燕のようである。

キエッ！

高須が喉のつまったような気合を発し、蜻蛉から真っ向に斬り下ろした。

が、切っ先は唐十郎の頭上にとどかなかった。高須は眼前に迫る切っ先を見て、間合を読み誤ったのである。

キーン！

甲高い金属音がひびき、金気がながれた。ふたりの刀身が上下にはじき合い、にぶいひかりを反射《はね》た。

次の瞬間、唐十郎の切っ先がするどく撥《は》ね上がった。ちょうど、燕が急旋回して上昇するような切っ先の流れである。

その切っ先が、前に伸びた高須の右の前腕をとらえた。

ザクリ、と前腕の皮肉が裂けた。

ふたりは交差し、間合を取ってから反転した。高須の顔が驚愕《きようがく》にゆがんだ。右腕から血が噴き出ている。

「霞飛燕……」

唐十郎は低い声で言い、脇構えにとった。

「お、おのれ！」

高須が目をつり上げて叫んだ。いつもは、表情のない顔が般若《はんにゃ》のようにゆがんでいる。

「高須、勝負はついたぞ」

唐十郎は高須の右腕を深く斬っていた。骨までは断っていなかったが、筋を斬ったはずである。高須は自在に剣を遣えないだろう。

「まだ、だ！」

高須が吼《ほ》えるような声で叫び、ふたたび蜻蛉に構えた。

だが、構えた刀身が笑うように震えている。右腕が激しく震えているからだ。その右腕から、たらたらと血が赤い筋を引いて流れ落ちている。

ふいに、高須が仕掛けてきた。

キイエエッ！

甲高い猿声を上げ、一気に斬撃の間に迫ってくる。だが、示現流独特の寄り身の果敢さと迅さがない。

キエッ！

タアッ！

ふたりは、ほぼ同時に気合を発し、斬撃をみまった。

高須は蜻蛉から真っ向へ。唐十郎は、脇構えから逆袈裟に斬り上げた。二筋の閃光が眼前ではじき合い、金属音とともに青火が散った。

次の瞬間、高須がよろめいた。高須の刀身が大きくはじき上げられて、体勢がくずれたのだ。高須の斬撃は、敵の受けた太刀ごと斬り下ろすような示現流の剛剣ではなかった。右手の負傷で、ただ振り下ろしただけの斬撃だったのである。

間髪を入れず、唐十郎が二の太刀をふるった。

刀身を返しざま胴へ。一瞬の流れるような太刀捌きである。

切っ先で胴をえぐるにぶい音がし、高須の上体が前にかしいだ。高須は低い呻き声を上げ、前にかがんだような格好のまま泳いだ。

高須は二間ほどよたよたと歩き、足をとめてつっ立ったが、左手で腹を押さえてがっくりと膝を折った。腹を押さえた指の間から臓腑が覗き、血が滴《したた》り落ちていた。刀を握った右手からも出血し、高須の体が血まみれになっている。

「こ、殺せ!」

高須が呻くような声で言った。

唐十郎は祐広を手にしたまま高須に近寄った。

「とどめを刺してくれる」

高須をこのままにしておけば、苦しむだけである。命を断ってやるのが、武士の情けである。

唐十郎の祐広が一閃した。

にぶい骨音がし、高須の首が前に垂れた。刹那、首根から赤い帯のように血が噴出した。血管《ちくだ》からの出血である。血は音をたてて薄暗い街道の地面に飛び散り、鮮やかな赤色で染めていく。

高須は首を前に垂らしたまままうずくまっていた。唐十郎は喉皮一枚残して斬首したのである。

唐十郎は林と梅戸に目を転じた。

4

林は岡野と対峙していた。すでに、何合か斬り合ったらしい。岡野の肩口に血の色があった。林の胸部の着物も裂けている。だが、ふたりとも深手ではなかった。

梅戸と西脇も切っ先をむけ合っていたが、すでに西脇には戦意がなく、腰が引けていた。西脇の右の上腕が血に染まり、青眼に構えた刀身が揺れている。梅戸の斬撃をあびたらしい。

唐十郎は岡野の左手へ走った。林に助太刀しようとしたのである。

「助太刀、無用！」

林が突っ撥ねるように言った。林は岡野と尋常に勝負する気のようである。おそらく、岡野を斃す自信があるのだろう。

唐十郎は身を引いた。

すると、つ、つ、と摺《す》り足で、林が岡野との間合をつめ始めた。青眼に構えた切っ先が、岡野の目線にピタリとつけられている。さすが、一刀流の遣い手である。隙のない見事な寄り身だった。

一瞬、岡野の顔が驚怖《きようふ》にゆがんだ。林の剣尖にそのまま目を突かれるような威圧を感じたからであろう。

フッ、と青眼に構えていた岡野の剣尖が浮いた。その一瞬の隙を衝いて、林が斬撃の間境に踏み込んだ。

刹那、するどい気合とともに、林が踏み込みざま真っ向へ斬り込んだ。迅雷の斬撃である。その斬撃を、岡野が刀身を振り上げて受けた。

ふたりの刀身が眼前で合致し、動きがとまった。鍔迫り合いである。

数瞬、ふたりは身を密着させたまま刀身で押し合っていたが、ふいに、林が強く相手を押して、後ろへ跳んだ。

跳びざま、林は刀身を横に払った。一瞬遅れて、岡野も後ろへ跳びながら林の籠手《こて》へ斬り落とした。

林の切っ先が岡野の二の腕を裂き、岡野の切っ先は空を切った。林の一撃は、岡野が籠手を斬ろうとして前に伸ばした腕をとらえたのである。

岡野が喉のつまったような呻き声を上げて後じさった。右腕が見る間に血に染まっていく。深い斬撃だったらしい。

「逃さぬ」

林はすばやい動きで、岡野との間合をつめた。

岡野の背が道端の杉の幹に迫り、足がとまった。それ以上、下がれなかったのである。

イヤアッ！

岡野が甲走った気合を発し、苦しまぎれに斬り込んできた。

真っ向へ。捨て身の一撃だったが、迅さもするどさもなかった。

すかさず、林は体《たい》をひらきざま、すくい上げるように斜に斬り上げた。

ピッ、と岡野の首筋から血が飛んだ。

次の瞬間、岡野の首筋から血飛沫が驟雨のように飛び散った。林が切っ先で首筋の血管を斬ったのである。

岡野は血を撒きながら、たたらを踏むように泳いだが、前につっ込むように転倒し、うつぶせになった。首筋から血が流れ落ちていたが、岡野は身を起こそうともしなかった。いっとき、もがくように四肢を動かしていたが、すぐに動かなくなった。呻き声も聞こえなかった。絶命したようである。

唐十郎は梅戸に目をむけた。梅戸と西脇の勝負も終わっていた。梅戸は血刀をひっ提げたまま立っていた。その足元に、血まみれになった西脇が横たわっている。西脇はすでに死んだらしく、動かなかった。

「終わったな」

林が唐十郎に歩を寄せて言った。返り血を浴びた林の顔は赭黒く染まっていたが、安堵《あんど》の色があった。

「夷誅隊の一党を、征伐できたわけだな」

唐十郎は、すでに祐広を鞘に納めていた。

「おぬしのお蔭だな」

「いや、おれはこの男と決着をつけたかっただけだ」

そう言って、唐十郎は横たわっている高須に目をやった。鬼の洋造の異名どおりの恐ろしい男だったが、いまは無残な死骸《むくろ》になって転がっている。

「どうする。江戸へもどるか」

林が訊いた。

「おぬしは」

「おれは、このまま江戸へ帰るつもりだ」

林がそう言うと、梅戸がそばに来て、それがしも、江戸へ帰ります、と言い添えた。

「おれは、京まで足を延ばしてみよう。せっかく、大井川を越えたのだからな」

唐十郎は、弥次郎を江戸に帰したときから、上洛するつもりでいた。

「そうか。江戸にもどったら、山科さまの屋敷へ顔を出してくれ。……ぜひ、出してくれ。悪いようにはしないはずだ」

林が念を押すように言った。

「そうしよう」

唐十郎は歩きだした。

林と梅戸は、その場に立ったまま遠ざかっていく唐十郎の背を見送っていたが、街道が蛇行してるところで見えなくなると、踵を返して歩きだした。

唐十郎が林たちと別れてしばらく歩くと、街道は下り坂になった。雑木林の葉叢《はむら》の間から、街道筋につづいている家並が見えた。日坂《にっさか》宿らしい。

唐十郎が街道をまがったとき、半町ほど先の路傍に腰を落としている白装束の人影が見えた。巡礼姿の咲である。咲は路傍に横たわっている朽ち木に腰を下ろし、いつも背負っている笈を脇に置いて一休みしているような格好で、唐十郎の来るのを待っていた。

唐十郎が近付くと、咲は笈を背負い、菅笠をかぶって後についてきた。

「唐十郎さま、始末がつきましたね」

咲が小声で言った。

咲は唐十郎たちが岡野たちを斃したのを樹陰から、見ていたのであろう。

「江戸へ、帰らないのですか」

咲が訊いた。

「しばらく、江戸を離れるつもりだ」

「どこへ、行かれます」

「京へ」

「…………」

「咲、いっしょに京へ行かぬか」

唐十郎がすこし歩をゆるめて訊いた。伊賀者の相良組から咲が抜けても、だれかが組頭の任に就くはずである。

すると、咲は唐十郎に身を寄せて、

「嬉しゅうございます」

と小声で言い、唐十郎に寄り添うようについてきた。

唐十郎は、林間のなだらかな下り坂をゆっくりと歩いていく。やがて、日坂の宿場が間近になり、街道を行き来する旅人や駕籠なども見えてきた。春らしいやわらかな陽射しが、宿場に満ちている。

切り取り線

一〇〇字書評

双鬼

購買動機（新聞、雑誌名を記入するか、あるいは○をつけてください）	
□（　　　　　　　　　　　）の広告を見て	
□（　　　　　　　　　　　）の書評を見て	
□ 知人のすすめで	□ タイトルに惹かれて
□ カバーがよかったから	□ 内容が面白そうだから
□ 好きな作家だから	□ 好きな分野の本だから

●最近、最も感銘を受けた作品名をお書きください

●あなたのお好きな作家名をお書きください

●その他、ご要望がありましたらお書きください

住所	〒				
氏名		職業		年齢	
Eメール	※携帯には配信できません	新刊情報等のメール配信を希望する・しない			

あなたにお願い

この本の感想を、編集部までお寄せいただけたらありがたく存じます。今後の企画の参考にさせていただきます。Eメールでも結構です。

いただいた「一〇〇字書評」は、新聞・雑誌等に紹介させていただくことがあります。その場合はお礼として特製図書カードを差し上げます。

前ページの原稿用紙に書評をお書きの上、切り取り、左記までお送り下さい。宛先の住所は不要です。

なお、ご記入いただいたお名前、ご住所等は、書評紹介の事前了解、謝礼のお届けのためだけに利用し、そのほかの目的のために利用することはありません。またそのデータを六カ月を超えて保管することもありませんので、ご安心ください。

〒一〇一―八七〇一
祥伝社文庫編集長　加藤　淳
☎〇三（三二六五）二〇八〇
bunko@shodensha.co.jp

祥伝社文庫

上質のエンターテインメントを！　珠玉のエスプリを！

祥伝社文庫は創刊15周年を迎える2000年を機に、ここに新たな宣言をいたします。いつの世にも変わらない価値観、つまり「豊かな心」「深い知恵」「大きな楽しみ」に満ちた作品を厳選し、次代を拓く書下ろし作品を大胆に起用し、読者の皆様の心に響く文庫を目指します。どうぞご意見、ご希望を編集部までお寄せくださるよう、お願いいたします。

2000年1月1日　　祥伝社文庫編集部

双鬼《ふたおに》　介錯人《かいしゃくにん》・野晒唐十郎《のざらしとうじゅうろう》　長編時代小説

平成21年4月20日　初版第1刷発行

著者　鳥《と》羽《ば》　亮《りょう》

発行者　竹内和芳

発行所　祥《しょう》伝《でん》社《しゃ》

東京都千代田区神田神保町3-6-5
九段尚学ビル　〒101-8701
☎ 03（3265）2081（販売部）
☎ 03（3265）2080（編集部）
☎ 03（3265）3622（業務部）

印刷所　萩原印刷

製本所　明泉堂

ISBN978-4-396-33491-8　C0193

祥伝社のホームページ・http://www.shodensha.co.jp/

祥伝社文庫

祥伝社文庫

鳥羽 亮 巨魁 闇の用心棒

「地獄宿」に最大の危機！ 同心、岡っ引きの襲来、凄腕の殺し人が迫る！ これぞ究極の剣豪小説。

鳥羽 亮 鬼、群れる 闇の用心棒

重江《しげえ》藩の御家騒動に巻き込まれ、攫《さら》われた娘を救うため、安田平兵衛《やすだへいべえ》、片桐《かたぎり》右京《うきょう》、老若の〝殺し人〟が鬼となる！

鳥羽 亮 必殺剣「二胴《ふたつどう》」

お家騒動に巻き込まれた小野寺佐内の仲間が次々と剛剣「二胴《ふたつどう》」に屠《ほふ》られる。佐内の富田流居合に秘策は？

鳥羽 亮 覇剣 武蔵と柳生兵庫助

時代に遅れて来た武蔵が、新時代に覇を唱える柳生新陰流に挑む。かつてない視点から描く剣豪小説の白眉。

鳥羽 亮 さむらい 青雲の剣

極貧生活の母子三人、東軍流《とうぐんりゅう》剣術《けんじゅつ》研鑽《けんさん》の日々の秋月信介《あきづけしんすけ》。待っていたのは父を死に追いやった藩の政争の再燃。

鳥羽 亮 さむらい 死恋の剣

浪人者に絡まれた武家娘を救った一刀流の待田恭四郎。対立する派の娘と知りながら、許されざる恋に……。